ENID BLYTON

LE CLUB DES CINQ EN VACANCES

ILLUSTRATIONS DE JEAN SIDOBRE

HACHETTE

L'ÉDITION ORIGINALE DE CET OUVRAGE
A PARU EN LANGUE ANGLAISE
CHEZ HODDER & STOUGHTON, LONDRES,
SOUS LE TITRE :

FIVE GO TO SMUGGLERS TOP

HACHETTE, 79, BOULEVARD SAINT-GERMAIN, PARIS VIe

CHAPITRE PREMIER

Retour à Kernach

C'était le premier jour des vacances de Pâques. Il faisait un temps radieux. Dans le train qui roulait vers Kernach, quatre enfants et un chien regardaient défiler le paysage.

« Plus que cinq minutes, et nous serons arrivés », annonça François, l'aîné de la bande, un solide garçon de treize ans au visage décidé.

« Ouah ! » fit le chien Dagobert, plein d'enthousiasme, et bousculant ses amis pour mieux voir.

« Tiens-toi donc tranquille, protesta François. Tu te mets juste devant Annie ! »

Annie était la sœur cadette de François. Elle écarta délibérément le gêneur et mit la tête à la portière.

« Ça y est, nous entrons en gare, s'écria-t-elle. Oh ! pourvu que tante Cécile soit sur le quai !

— Bien sûr qu'elle y sera ! » dit sa cousine Claude.

Avec ses cheveux courts et son regard intrépide, Claude ressemblait à un garçon beaucoup plus qu'à une fille. Elle poussa Annie et, à son tour, se pencha par la fenêtre du compartiment.

« Ah ! que je vais être contente de me retrouver à la maison ! reprit-elle. Je me plais beaucoup en pension, c'est entendu, mais quelle joie ce sera de revoir la villa des Mouettes !... Et puis, nous pourrons peut-être aller faire un tour jusqu'à notre île et poursuivre l'exploration du vieux château. Nous n'y sommes pas retournés depuis l'an dernier.

— Mick ! Comment peux-tu rester aussi calme ? » s'exclama François en se tournant vers son jeune frère, qui lisait. « On arrive à Kernach, et tu es encore plongé dans ton bouquin !

— L'histoire est palpitante, expliqua Mick. C'est le meilleur roman d'aventures que j'aie jamais lu.

— Oh ! ça ne vaut sûrement pas celui que l'on écrirait avec tout ce qui nous est arrivé, à nous ! » fit Annie vivement.

Il était vrai que les Cinq (y compris Dagobert, qui participait immanquablement à leurs projets et à leurs jeux) s'étaient trouvés mêlés plus d'une fois à des événements extraordinaires. Mais ces vacances-ci s'annonçaient fort tranquilles, et les enfants comptaient bien en profiter pour se promener à longueur de journée sur les falaises et peut-être se rendre jusqu'à l'île de Kernach à bord du petit bateau de Claude.

« Quand je pense au mal que je me suis donné en classe ce trimestre... dit François. Je n'aurai pas volé mes vacances !

— Je trouve que tu as maigri », observa Claude.

Claude s'appelait en réalité Claudine, un prénom qu'elle détestait. Elle faisait invariablement la sourde oreille si, par hasard, on l'appelait ainsi, de sorte que, pour tout le monde, elle était devenue Claude.

« Sois tranquille, s'écria François, j'aurai vite fait de reprendre du poids quand je serai aux "Mouettes" ! Tante Cécile se chargera de moi ; elle n'a pas sa pareille pour nous régaler d'un tas de bonnes choses.

— Ah ! Claude, comme j'ai hâte de revoir ta maman, dit Annie. Ellc est si gentille et je l'aime tant !

— J'espère que papa sera de bonne humeur, fit Claude. Maman m'a écrit qu'il vient de terminer une série d'expériences, dont il est très satisfait. »

Henri Dorsel, le père de Claude, était un savant qui poursuivait des travaux importants. Consacrant tout son temps à la recherche, il aimait le calme et le silence ; aussi entrait-il parfois dans de grandes colères si l'on venait à le déranger. Et les amis de Claude ne pouvaient s'empêcher de penser que celle-ci ressemblait assez à son père, tant elle s'emportait vite lorsque les choses n'allaient pas à son gré !

Tante Cécile était venue attendre les voyageurs.

Dès que le train se fut arrêté, ceux-ci se précipitèrent sur le quai et coururent vers elle. Claude fut la première à lui sauter au cou. Elle adorait sa mère, si bonne et qui, aux heures difficiles, savait si bien plaider sa cause auprès de M. Dorsel.

Cependant, Dagobert bondissait autour de la jeune femme, en aboyant comme un fou, afin de mieux lui témoigner la joie qu'il éprouvait, lui aussi, à la revoir. Mme Dorsel se pencha pour le flatter. Alors, il se dressa brusquement sur ses pattes de derrière et lui passa un grand coup de langue sur la figure.

« Tiens ! Je crois que Dago a encore grandi ! s'exclama la mère de Claude en riant. Allons, mon vieux, bas les pattes : tu vas finir par me faire tomber ! »

Dago était, certes, un chien de belle taille. Les enfants l'aimaient autant qu'une personne, car il était pour eux le meilleur des amis, sincère, affectueux et fidèle. Pour l'instant, il suivait de ses yeux mordorés les moindres gestes des compagnons dont il partageait le bonheur. Participant à toutes leurs épreuves et à toutes leurs aventures, Dago était aussi de toutes leurs fêtes.

Mais il réservait naturellement le meilleur de son affection à sa petite maîtresse, Claude. Dago n'était encore qu'un bébé-chien quand on le lui avait apporté, et, depuis, il l'accompagnait à Clairbois, où elle était pensionnaire ainsi qu'Annie. La directrice autorisait en effet les élèves qui le désiraient à amener leur animal favori. C'était une grande joie pour Claude qui, autrement, n'aurait sans doute jamais consenti à aller en pension !

On prit un taxi car la voiture de M. Dorsel était en réparation. Tout le monde s'installa, puis l'on se mit en route pour Kernach. Une bise glaciale soufflait sur la lande, et les enfants remontèrent frileusement le col de leur manteau pour s'abriter le visage.

« Quel froid ! » murmura Annie, qui commençait à claquer des dents. « C'est pire qu'en hiver !

— Le vent est terrible, dit tante Cécile. Il ne fait que redoubler depuis hier, et les pêcheurs ont tiré leurs barques au sec en prévision de la tempête. »

La route longeait à présent la grève où les enfants s'étaient si souvent baignés l'été précédent. Ils y virent les bateaux de pêche sagement alignés. Mais personne n'éprouvait la moindre envie d'aller prendre un bain, et cette seule perspective suffisait à donner la chair de poule ! On entendait le vent mugir sur la mer. D'énormes nuages fuyaient à travers le ciel, tandis que les vagues se ruaient vers la grève où elles s'écrasaient avec fracas.

Excité par ce tumulte, Dagobert se mit à aboyer.

« Tais-toi, dit Claude en lui donnant une caresse. Maintenant que nous sommes de retour à la maison, il va falloir que tu apprennes à rester sage comme une image si tu ne veux pas que l'on se fâche contre toi. » Et, se tournant vers sa mère, Claude demanda :

« Papa a-t-il toujours autant de travail ?

— Oui, mon petit. Mais il a l'intention de prendre un peu de repos pendant que vous serez ici. Il vous accompagnera volontiers en promenade et ne demandera pas mieux que de faire un peu de bateau avec vous si le temps le permet. »

Les enfants se regardèrent. Oncle Henri n'était pas le compagnon rêvé, car il n'entendait pas grand-chose au jeu ni à la plaisanterie. Quand ils étaient pris d'une crise de fou rire, ce qui n'arrivait pas moins d'une vingtaine de fois par jour, il prétendait toujours ne pas comprendre ce qui leur semblait si drôle.

« Voilà qui promet d'être amusant, si oncle Henri s'avise de nous suivre partout... murmura Mick à l'adresse de François.

— Chut ! » fit ce dernier, craignant que Mme Dorsel ne fût peinée par ces paroles imprudentes.

Claude se tourna vers sa mère, la mine inquiète.

« Mais, maman, dit-elle, ne crois-tu pas que papa s'ennuiera avec nous ?... Et, de notre côté, nous ne nous amuserons guère ! »

Claude était de ceux qui appellent un chat un chat, et jamais elle n'avait pu apprendre à atténuer la portée de ses paroles. Mme Dorsel soupira :

« Ne parle pas ainsi, mon petit. Sans doute ton père se lassera-t-il assez vite de vous accompagner, mais cela lui fera néanmoins le plus grand bien de sentir des jeunes autour de lui. »

A cet instant, la voiture s'arrêta devant la villa « Les Mouettes ». C'était une solide demeure semi-paysanne, semi-bourgeoise, bâtie de granit et d'ardoise à la mode du temps passé.

« Nous y sommes ! s'écria François en sautant à terre. Grands dieux ! tante Cécile, comme le vent souffle fort ici !

— La nuit dernière, c'était une vraie tempête, et nous l'entendions hurler autour de la maison, dit Mme Dorsel. Ecoutez-moi, les enfants : nous allons aider le chauffeur à descendre les bagages. Ah ! voici votre oncle ! »

M. Dorsel descendait les marches du perron.

C'était un homme de haute taille, au visage intelligent et au regard profond sous des sourcils qu'il semblait garder toujours froncés. Il accueillit les voyageurs en souriant et embrassa sa fille et sa nièce.

« Soyez les bienvenus à Kernach, mes enfants, dit-il. Ma petite Annie, je suis bien content que tes parents aient dû prolonger leur séjour en Afrique, parce qu'ainsi, nous avons le plaisir de vous recevoir tous ici, tes frères et toi ! »

Un quart d'heure plus tard, la famille entière était attablée dans la salle à manger, devant un copieux repas. Tante Cécile savait combien le voyage creusait toujours l'appétit des jeunes voyageurs !

Lorsque Claude — de loin la plus gourmande — fut enfin rassasiée, elle s'appuya au dossier de sa chaise afin de reprendre haleine. Et elle soupira, regrettant de n'avoir vraiment plus assez faim pour continuer à faire honneur aux délicieux gâteaux faits par sa mère. Dago la regardait, sagement assis à côté d'elle. Il n'avait pas la permission de quémander pendant les repas et personne ne devait rien lui donner à ce moment-là, mais pas mal de miettes et de morceaux disparaissaient comme par enchantement sous la table !

Le vent sifflait autour de la maison. Portes et fenêtres gémissaient, tandis que les courants d'air qui s'infiltraient au ras des parquets soulevaient le coin des paillassons et des tapis.

« Regardez, dit Annie. On dirait qu'il y a des serpents cachés là-dessous... »

Dagobert qui, depuis un instant, observait le phénomène, s'était mis à gronder. Il avait beau être un chien intelligent, il ne parvenait pas à comprendre la raison de ce qu'il voyait.

« J'espère que ce vent va se calmer, fit tante Cécile. La nuit dernière, je n'ai pas pu fermer l'œil... Mais dis-moi, François, il me semble que tu as beaucoup maigri : tu as donc eu tant de travail ce trimestre ? Il va falloir que l'on te mette à l'engrais... »

A ces mots, les enfants éclatèrent de rire, ravis.

« Nous étions sûrs que tu dirais cela, maman ! s'écria Claude. Oh ! que se passe-t-il ? »

Tout le monde avait sursauté. On tendit l'oreille : Dago s'était dressé brusquement et grognait, le poil hérissé. Quelque chose heurta le toit de la maison avec un bruit sourd, puis rebondit, et ce fut le silence.

« C'est le vent qui vient d'emporter une tuile, déclara M. Dorsel. Quel ennui !... Dès que cette tempête se sera apaisée, il faudra que nous fassions vérifier la toiture de la maison, si nous ne voulons pas que la pluie pénètre dans le grenier. »

Les enfants espéraient que leur oncle se retirerait dans son bureau après le dîner, ainsi qu'il en avait l'habitude. Ils voulaient jouer aux cartes et ne tenaient nullement à ce que M. Dorsel se mêlât à la partie, car il n'y entendait pas grand-chose. Mais le père de Claude ne manifestait aucune intention de s'éloigner. Et, se tournant vers François, il lui demanda :

« Connaîtrais-tu par hasard un certain Pierre Lenoir ! » Il tira une lettre de sa poche et y jeta un coup d'œil. « Je crois qu'il est pensionnaire dans le même lycée que ton frère et toi.

— Pierre Lenoir ? Tu veux dire Noiraud, s'écria François. Mais parfaitement, il se trouve dans la classe de Mick. Et il est fou à lier !

— Noiraud ? Je me demande pourquoi vous lui avez donné ce surnom, répliqua l'oncle Henri, c'est ridicule...

— Si tu voyais le personnage, tu changerais d'avis, fit Mick en riant. Il est tout noir : yeux, cheveux, sourcils, on dirait qu'il a tout passé au charbon. Et par-dessus le marché, il s'appelle Pierre Lenoir !

— La coïncidence est amusante, en effet, convint l'oncle Henri, mais ce n'est pas une raison pour donner pareil sobriquet à ce garçon. Cependant, voici où je voulais en venir : je corresponds depuis quelque temps avec son père, M. Lenoir, car celui-ci est très versé dans les questions scientifiques auxquelles je m'intéresse moi-même... Bref, je l'ai invité à passer quelques jours ici et je lui ai demandé d'amener son fils.

— Pas possible ! s'exclama Mick, l'air enchanté. Ma foi, oncle Henri, ce serait assez chic de se retrouver avec ce vieux Noiraud. Seulement, je te préviens qu'il est un peu toqué : il ne fait jamais attention à ce qu'on lui dit, il grimpe partout comme un singe et avec ça il a un de ces toupets... Je ne suis pas sûr qu'il te plaise beaucoup. »

M. Dorsel parut fort contrarié de ce qu'il venait d'apprendre. Il commençait à regretter d'avoir lancé une invitation aussi imprudente, car il avait horreur qu'on trouble sa tranquillité.

« Hum ! fit-il, repliant la lettre qu'il tenait à la main. J'aurais dû me renseigner avant d'inviter ce garçon. Mais peut-être n'est-il pas trop tard pour l'empêcher de venir.

— Oh ! non, papa, je t'en prie », s'écria Claude, à qui les détails donnés par Mick rendaient le jeune

Lenoir fort sympathique. « Ce serait tellement amusant s'il était ici !

— Nous verrons », répliqua M. Dorsel, fermement décidé à ne pas s'encombrer d'un jeune invité aussi remuant que Pierre Lenoir. Claude était déjà bien assez insupportable sans qu'on laisse s'installer aux « Mouettes » un garnement dont la présence l'inciterait à commettre sottise sur sottise !

Au grand soulagement des enfants, M. Dorsel les quitta enfin pour s'en aller lire dans son bureau. Tante Cécile jeta un coup d'œil à la pendule.

« Ma petite Annie, il est temps de monter te coucher, dit-elle. Et pour toi aussi, Claude...

— Oh ! maman, rien qu'une minute encore ! supplia celle-ci. C'est notre première soirée à la maison... Et puis, de toute manière, le vent souffle si fort que nous ne pourrions pas nous endormir !... Dis, veux-tu jouer au rami avec nous ? On ne fera qu'une seule partie, et puis après, je te promets que tout le monde ira se coucher. Tiens, regarde François : il bâille déjà à se décrocher la mâchoire ! »

CHAPITRE II

L'ouragan

C'est avec joie que les enfants grimpèrent l'escalier assez raide qui menait à leurs chambres. Chacun bâillait à qui mieux mieux, fatigué par le voyage.

« Ce maudit vent ne cessera donc pas ! » dit Annie, en soulevant le coin du rideau qui masquait la fenêtre pour jeter un coup d'œil au-dehors. « On voit la lune, Claude. Elle se montre un instant entre deux nuages pour disparaître aussitôt.

— Laisse-la faire, et viens vite te coucher ! s'écria Claude. On gèle ici, et tu vas attraper un bon rhume si tu restes à cette fenêtre.

— Entends-tu le bruit des vagues ? reprit Annie sans bouger d'un pouce. Et la tempête siffle dans le grand hêtre. Si tu voyais les branches plier. »

Tandis que sa cousine parlait, Claude s'était pelotonnée frileusement dans son lit.

« Dago, dépêche-toi de grimper sur l'édredon, ordonna-t-elle. Tu vois, Annie, c'est l'un des avantages que l'on a à se retrouver chez soi : ici Dago peut coucher sur mon lit et il me tient beaucoup plus chaud qu'une bouillotte !

— En réalité, il n'a pas plus le droit de le faire ici qu'à la pension, observa Annie. Tu sais bien que ma tante Cécile s'imagine qu'il dort dans son panier.

— Comment veux-tu que je l'empêche de venir me rejoindre pendant la nuit s'il n'a pas envie de rester sur son coussin ? C'est cela, mon bon chien : installe-toi à mes pieds et réchauffe-les. Attends, d'abord, que je te caresse. Bonne nuit, Annie.

— Bonsoir, répondit la fillette d'une voix déjà ensommeillée. Dis donc, j'espère que ce Noiraud dont parlait Mick viendra ici pendant quelques jours. On s'amuserait bien.

— Ma foi, oui. Et, de toute manière, même si M. Lenoir arrive seul, papa passera avec lui le plus clair de son temps : ce n'est pas souvent qu'il nous accompagnera en promenade. » Claude poussa un soupir. « Papa ne s'en rend pas compte, poursuivit-elle, mais quand il est là, jamais les choses ne vont très bien : il gâche tout.

— C'est qu'il ne sait pas s'amuser, déclara Annie. Il est trop sérieux. »

Soudain un bruit violent les fit sursauter.

« Cela doit être les volets de la salle de bain qui viennent de claquer, grommela Claude. Je parie que les garçons ont oublié de les fermer. Papa va être furieux : rien ne l'agace autant que ce genre de bruit. Et allez donc : voilà que ça recommence !

— Laisse François et Mick se débrouiller : ils se lèveront », conseilla Annie, maintenant bien au chaud dans son lit.

Cependant, comme, de leur côté, les deux frères

comptaient que les filles s'acquitteraient de la tâche, personne ne bougea. Et une voix irritée retentit bientôt dans l'escalier, dominant le vacarme de la tempête. C'était celle de l'oncle Henri.

« Voulez-vous fermer les volets immédiatement ! cria-t-il. Comment veut-on que je travaille au milieu d'un pareil tapage ! »

D'un bond, les quatre enfants sautèrent à bas du lit. Mais comme ils se précipitaient vers la salle de bain, Dago se jeta dans leurs jambes et tout le monde s'étala sur le parquet ciré. Ce fut un beau fou rire, mais l'on n'eut que le temps de se relever pour fermer les volets et regagner les chambres à la hâte : déjà M. Dorsel commençait à gravir l'escalier.

Le vent hurlait sans trêve. Comme les parents de Claude pénétraient dans leur chambre, la porte de celle-ci échappa à la main de M. Dorsel et se referma avec une telle violence qu'un vase posé sur une étagère voisine fut projeté à terre.

L'oncle Henri ne put s'empêcher de sursauter.

« Voilà bien notre chance ! s'exclama-t-il. Je n'ai encore jamais vu de tempête aussi terrible depuis que nous sommes ici. Si cela continue, les barques de pêche finiront par être mises en pièces sur la grève, malgré toutes les précautions que l'on a prises pour les éloigner des vagues.

— Le vent ne va pas tarder à tomber, mon ami, dit alors Mme Dorsel d'une voix apaisante. Tu verras que, demain matin, tout ira mieux. »

La jeune femme se trompait. Bien loin de se calmer durant la nuit, l'ouragan se déchaîna de plus belle. On l'entendait gémir et lancer sa plainte stridente comme le cri d'une créature en détresse. Aux « Mouettes », personne ne put fermer l'œil. Dagobert ne cessa de pousser de sourds grognements, car il détestait ce concert de grincements et de hurlements qu'accompagnait le tremblement des vitres et des châssis de fenêtres secoués par le vent.

Vers le matin, la tempête redoubla encore. Annie se disait que ce devait être une sorte de monstre terriblement irrité qui parcourait la terre, cherchant à faire le plus de mal possible. Elle se cachait sous ses couvertures, frissonnante. Tout à coup, s'éleva un bruit étrange. C'était un long gémissement qui ressemblait au cri désespéré d'un être en proie à d'affreux tourments. Puis on entendit un grand craquement. Claude et Annie se dressèrent sur leur séant, épouvantées. Que se passait-il ?

Les garçons avaient entendu, eux aussi. François se leva d'un bond et courut à la fenêtre. Dans le jardin, se découpait la masse du vieux hêtre, immense, tout noir sous la clarté fuyante de la lune que dérobait à chaque instant la course des nuages.

Peu à peu, la cime de l'arbre s'inclinait

« C'est le hêtre ! hurla soudain François, à la grande frayeur de Mick. Il va s'abattre sur la maison ! Vite, courons réveiller les filles ! »

Et, criant à pleins poumons, François sortit de la chambre en trombe :

« Oncle Henri ! Tante Cécile ! Claude ! Annie ! Dépêchez-vous de descendre : le hêtre va tomber ! »

Claude sauta à bas du lit, saisit sa robe de chambre au vol et se précipita à son tour sur le palier. Annie s'élança sur ses talons, devancée par Dago. M. Dorsel venait de surgir sur le seuil de sa chambre, l'air effaré.

« Que signifie ce charivari ? François, veux-tu m'expliquer...

— Venez tous en bas : le grand hêtre a dû être déraciné par la tempête. Ecoutez-le craquer ! s'écria le garçon, incapable de maîtriser son impatience. Tenez, le voilà qui tombe ! Il va écraser la maison ! »

Tout le monde se rua dans l'escalier à l'instant même où l'arbre, arrachant les dernières racines qui le retenaient encore à la terre, s'abattait lourdement sur la toiture des « Mouettes ». On entendit un fracas terrible, puis la chute des tuiles qui, glissant du toit, se brisaient sur le sol.

« Oh ! murmura Mme Dorsel, en se cachant le visage dans ses mains. Je savais bien que cela finirait par arriver. » Elle se tourna vers son mari : « Cet arbre était devenu dangereux ! Je me demande quels sont les dégâts... »

On entendait à présent une infinité de bruits plus légers, impossibles à définir : chutes d'objets indéterminés, chocs sourds et tintement de verre brisé. Dagobert en était fort irrité et il ne tarda pas à manifester son impatience en aboyant à pleine voix. M. Dorsel assena sur la table un coup de poing d'une telle violence que tout le monde sursauta.

« Si cet animal ne se tait pas, je le jette dehors ! » s'écria-t-il.

Comme rien ne semblait devoir calmer Dagobert, Claude finit, par le traîner jusque dans la cuisine, où elle l'enferma.

« Moi, je suis comme Dago, j'ai l'impression que cela me soulagerait d'aboyer et de grogner ! déclara Annie, compatissante. Dis-moi, François, penses-tu que l'arbre ait défoncé le toit de la maison ? »

M. Dorsel alla chercher sa grosse lampe de poche et il se dirigea vers l'escalier dont il gravit les marches avec précaution, afin de se rendre compte des dégâts causés par l'accident. Quelques instants plus tard, il redescendait, le visage blanc comme un linge.

« Les branches du hêtre ont crevé la toiture, démoli les mansardes et le grenier, annonça-t-il. La chambre des garçons n'a pas trop de mal. Quant à celle des filles, il n'en reste à peu près rien : si Claude et Annie s'étaient trouvées dans leurs lits, elles auraient pu être tuées... »

Chacun garda le silence, songeant avec effroi au danger mortel qui les avait menacés.

« Heureusement que j'ai une bonne voix et que je m'entends à réveiller les gens qui dorment », s'écria gaiement François, pour dissiper l'émotion qui s'était emparée de tous. Et, remarquant l'extrême pâleur de sa jeune sœur : « Dis donc, Annie, questionna-t-il, as-tu pensé à l'histoire palpitante que tu pourras raconter à tes amies après les vacances ?

— Je vais aller préparer du chocolat au lait », décida Mme Dorsel qui commençait seulement à se remettre de sa frayeur. « Nous en prendrons tous une bonne tasse et cela nous fera le plus grand bien. Henri, va donc voir s'il y a encore du feu dans ton bureau. Il ne s'agit pas de s'enrhumer, à présent ! »

Un quart d'heure plus tard, la famille, rassemblée autour d'une belle flambée, savourait le bon chocolat mousseux que venait de servir tante Cécile.

Annie promenait autour de la pièce un regard curieux. Ainsi c'était donc là, dans ce domaine jalousement interdit à sa fille et à ses neveux, que l'oncle Henri poursuivait ses travaux compliqués. Il y écrivait ces livres savants qu'Annie était bien sûre de ne jamais pouvoir comprendre. Il y composait des figures et des dessins bizarres et s'y livrait à des expériences mystérieuses.

Ce soir-là pourtant, l'oncle Henri ne semblait guère avoir conscience de sa supériorité intellectuelle sur les autres hommes : on aurait plutôt dit qu'il avait un peu honte. Annie ne tarda pas à savoir pourquoi.

« C'est vraiment une grande chance qu'aucun d'entre nous n'ait été tué ni blessé, déclara soudain tante Cécile, en regardant son mari d'un œil sévère. Combien de fois ne t'avais-je pas demandé de faire étêter cet arbre ? Il était aisé de voir qu'à la première tempête nous risquions un accident, j'avais toujours peur qu'il ne finisse par tomber sur la maison...

— Je sais, je sais », répondit M. Dorsel, s'appliquant à tourner sa petite cuillère dans sa tasse. « J'aurais dû t'écouter, mais j'avais tant de travail ces derniers temps... »

Mme Dorsel poussa un soupir.

« C'est toujours l'excuse que tu donnes quand tu négliges de t'occuper d'une affaire urgente. Je vois qu'à l'avenir, il me faudra prendre moi-même les décisions...

— Mais voyons ; l'accident de ce soir n'est tout de même pas de ceux qui sont susceptibles de se reproduire tous les jours ! » s'écria l'oncle Henri, prêt à se fâcher. Cependant, il se domina, comprenant à quel point sa femme était bouleversée. Il la regarda : elle était au bord des larmes. Alors, il déposa sa tasse sur une table et, s'approchant de tante Cécile, passa son bras autour de ses épaules.

« Tu as eu terriblement peur, mon petit, dit-il. Mais essaie de n'y plus penser : nous sommes tous sains et saufs, c'est l'essentiel. Et qui sait, quand il fera jour et que nous pourrons examiner les lieux, peut-être trouverons-nous moins de mal qu'il n'y paraît.

— Hélas, je croirais plutôt le contraire ! C'est épouvantable ! D'abord où passerons-nous le reste de la nuit ? Nos chambres sont inhabitables. Et puis, qu'allons-nous devenir en attendant que le toit soit réparé et le premier étage remis en état ? Avec les enfants qui viennent d'arriver en vacances... La maison va être encombrée d'ouvriers pendant Dieu sait combien de temps, plusieurs semaines au moins ! Vraiment, Henri, je me demande que faire.

— Ne t'inquiète pas : je m'occuperai de tout, déclara M. Dorsel. Je suis d'autant plus navré qu'il y a beaucoup de ma faute. Mais je vais faire l'impossible pour arranger les choses au mieux, tu verras ! »

Les enfants avaient écouté la conversation en silence, tout en dégustant leur chocolat. Evidemment, oncle Henri était bien supérieur à tous les gens qu'ils connaissaient : il était si intelligent et si savant ! Mais il ne fallait pas s'étonner s'il avait négligé de faire étêter le grand hêtre : on avait si souvent l'impression que l'oncle Henri habitait une autre planète que les gens de son entourage !

A présent, il n'était plus du tout question de remonter se coucher. Au premier étage, les chambres qui n'avaient pas été complètement dévastées devaient être bouleversées de fond en comble, avec les lits couverts de poussière et de gravats. Aussi tante Cécile se mit-elle à étendre des couvertures sur les trois divans qui se trouvaient dans le bureau, dans le salon et dans la salle à manger. Puis elle sortit un lit de camp d'un placard et le déplia avec l'aide de François.

« Il va falloir nous contenter de cela, dit-elle. Je sais bien que la nuit ne sera plus très longue à présent, mais nous avons quand même besoin de dormir ! Heureusement, le vent semble un peu calmé.

— Maintenant qu'il a fait tout le mal possible, il est sans doute satisfait, observa M. Dorsel d'un ton amer. Allons, que chacun se couche : nous discuterons de la situation demain matin. »

En dépit de leur fatigue, les enfants eurent bien du mal à s'endormir après tant d'émotions. Annie surtout se tourmentait : comment tante Cécile allait-elle pouvoir loger tant de monde à la villa des « Mouettes » après un pareil accident ? Et la fillette se demandait ce qu'il allait advenir d'elle et de ses frères : leurs parents étaient en effet partis pour un lointain voyage et, en leur absence, la maison familiale restait fermée.

« J'espère que l'on ne va pas nous renvoyer au collège », songeait Annie, se tournant et se retournant sur son divan. « Ce serait terrible après tous les projets que nous avions faits... »

De son côté, Claude éprouvait les mêmes craintes que sa cousine : elle était presque sûre qu'on l'obligerait à retourner à Clairbois dès le lendemain matin. Et ce qui la peinait le plus était d'être si vite séparée de ses cousins. Seul, Dago ne se faisait aucun souci. Couché aux pieds de Claude, il ronflait paisiblement, le cœur content. Peu lui importait ce qu'il adviendrait de lui pourvu qu'il fût auprès de sa jeune maîtresse !

CHAPITRE III

Une idée de l'oncle Henri

Le lendemain matin, le vent soufflait encore, mais sa fureur s'était calmée. Les pêcheurs constatèrent avec soulagement que leurs barques tirées au sec sur la grève n'avaient que peu souffert de la tempête. Mais le bruit se répandit bien vite qu'il était arrivé un accident chez M. Dorsel et de nombreux curieux s'empressèrent de venir voir les dégâts. Quel spectacle impressionnant que celui de cet arbre gigantesque qui, complètement déraciné, semblait peser de tout son poids sur la maison !

Les enfants ne furent pas fâchés de pouvoir raconter aux badauds attentifs comment ils avaient échappé de justesse à la mort. Vus au grand jour, les dommages causés par la chute du hêtre étaient effrayants : sous le choc, le toit s'était écrasé comme une coquille d'œuf et tout le premier étage était dévasté. La femme de ménage qui, chaque jour, venait du village voisin pour aider tante Cécile, poussa les hauts cris devant le désastre.

« Mon Dieu, madame, il faudra des semaines de travail pour réparer un pareil malheur, s'exclama-t-elle. Avez-vous prévenu les maçons ? A votre place, je les appellerais tout de suite afin de leur montrer ce qu'ils auront à faire.

— C'est moi qui vais me charger de cela, intervint vivement M. Dorsel. Ma femme a été tellement secouée par cet accident qu'elle n'est pas en état de s'occuper elle-même de ces questions matérielles. » Puis, s'adressant à Mme Dorsel, il continua : « Voyons, le premier problème à résoudre est celui des enfants : qu'allons-nous en faire ? Il nous est impossible de les garder ici puisque nos chambres sont inhabitables...

— Hélas, je ne vois d'autre solution que de les renvoyer en pension, murmura la tante Cécile.

— Non, j'ai une meilleure idée, déclara l'oncle Henri, tirant une lettre de sa poche. Je viens de recevoir un mot de ce M. Lenoir qui s'intéresse aux mêmes recherches que moi. Tu sais, je t'ai déjà parlé de lui. Ecoute ce qu'il me dit... »

Et M. Dorsel lut à voix haute :

« C'est fort aimable à vous de m'inviter aux "Mouettes" ainsi que mon fils Pierre. De mon côté, permettez-moi de vous offrir l'hospitalité, à vous-même et à vos enfants. J'ignore combien vous en avez, mais tous seront les bienvenus ici. La maison est grande. Enfin, Pierre et sa sœur Mariette ne demanderont pas mieux que d'avoir des compagnons de jeux. »

M. Dorsel regarda sa femme d'un air triomphant.

« Voilà ce que j'appelle une offre généreuse, s'écria-t-il. Elle ne pouvait mieux tomber : nous allons envoyer les enfants chez M. Lenoir.

— Mais... Henri... C'est impossible ! Pense donc que nous ne savons absolument rien de ce monsieur ni de sa famille !

— Bah ! son fils est dans le même lycée que Mick et François. Et puis, je sais que Lenoir est un homme d'une intelligence remarquable », déclara M. Dorsel, considérant de toute évidence que c'était là l'essentiel. « Je vais lui téléphoner immédiatement. Voyons quel est son numéro ? »

Mme Dorsel ne savait plus que dire devant cette résolution qu'avait prise soudain son mari de s'occuper de tout. Sans doute ressentait-il quelque honte de sa négligence, qu'il savait être à l'origine de l'accident survenu la nuit précédente. Et à présent, il tenait à démontrer aux siens que, s'il le voulait, il était fort capable de prendre en main les affaires de la maison.

Déjà, il demandait la communication téléphonique avec M. Lenoir, et, en l'entendant parler, Mme Dorsel fronça les sourcils d'un air contrarié. Comment pourrait-on confier ainsi des enfants à des gens que l'on n'avait jamais vus ?

Au bout de quelques instants, l'oncle Henri raccrocha le récepteur et vint rejoindre sa femme, l'air satisfait.

« C'est entendu, annonça-t-il. Lenoir est enchanté. Il dit qu'il adore la compagnie des jeunes, et sa femme aussi. Si nous réussissons à trouver une voiture pour les emmener, puisque la mienne est chez le garagiste, Claude et ses cousins partiront ce matin.

— Mais..., mon ami, tu n'y songes pas : il est impossible de nous débarrasser ainsi des enfants en les envoyant chez ces gens qu'ils ne connaissent pas. Cela ne leur plaira pas du tout, et je ne serais pas surprise que Claude refuse de s'en aller...

— A propos, Cécile, j'ai oublié de te dire que Dagobert ne serait pas du voyage. Il paraît que Lenoir déteste les chiens.

— Alors, tu peux être sûr que Claude ne partira

pas d'ici, s'exclama Mme Dorsel. Voyons, Henri, tu sais bien qu'elle ne se sépare jamais de Dago.

— Cette fois-ci, il faudra pourtant qu'elle obéisse », répliqua M. Dorsel, fermement décidé à ne pas laisser sa fille bouleverser les plans dont il était si fier. « Tiens, voici les enfants : je vais leur demander ce qu'ils pensent de mon idée ! »

Les cinq amis firent leur entrée dans le bureau, craignant fort d'apprendre de fâcheuses nouvelles : n'allait-on pas les renvoyer purement et simplement en pension pour le reste des vacances ?

« Vous vous souvenez de ce Pierre Lenoir, dont je vous ai parlé hier ? commença M. Dorsel. Vous l'avez affublé de je ne sais plus quel sobriquet ridicule...

— Noiraud ! s'écrièrent François et Mick en chœur.

— C'est cela. Eh bien, son père a eu la gentillesse de vous inviter tous à le rejoindre au Pic du Corsaire. »

Les enfants prirent un air stupéfait.

« Le Pic du Corsaire ! répéta Mick, semblant fasciné par ces mots étranges. Qu'est-ce que c'est ?

— Le nom de la maison qu'habite M. Lenoir, répondit l'oncle Henri. C'est une demeure très ancienne, perchée au sommet d'une colline. Aujourd'hui d'immenses marais l'entourent de toutes parts ; ils ont remplacé la mer qui jadis s'étendait là. Du temps où cette masse de rochers n'était encore qu'une île, elle servait de repaire aux contrebandiers et aux pirates qui opéraient sur les côtes... A ce qu'on m'a dit, le site et la maison sont fort curieux. »

Ces explications enthousiasmèrent les enfants. De plus, François et Mick avaient toujours trouvé leur camarade Noiraud très sympathique. Au lycée, il passait auprès de tout le monde pour être un peu fou, mais il n'avait pas son pareil pour vous faire rire. On était sûr de bien s'amuser avec lui !

« Alors qu'en pensez-vous ? demanda M. Dorsel. Voulez-vous accepter l'invitation de M. Lenoir ou préférez-vous retourner en pension ?

— Oh ! non, oncle Henri, pas au collège ! s'écrièrent les enfants d'une seule voix.

— Je serais si content d'aller au Pic du Corsaire, ajouta Mick. L'endroit doit être merveilleux. Et puis, ce vieux Noiraud m'a toujours beaucoup plu, surtout depuis le jour où il a scié l'un des pieds de la chaise réservée au professeur. Le morceau ne tenait qu'à peine et quand M. Arnaud, notre surveillant, a voulu s'asseoir, tout s'est effondré !

— Hum... » fit M. Dorsel, gagné par quelque inquiétude au récit des exploits du jeune Lenoir, « je ne vois pas là motif à trouver un camarade sumpathique... Je me demande s'il ne serait pas plus sage de vous renvoyer tous en pension

— Oh ! non, oncle Henri ! S'il te plaît, laisse-nous partir chez M. Lenoir, s'écrièrent les enfants, alarmés. Nous voulons aller voir le Pic du Corsaire.

— C'est bien », dit enfin M. Dorsel, assez flatté malgré tout de constater que son idée rencontrait tant d'enthousiasme. « En réalité, ma décision était déjà prise : j'avais téléphoné à M. Lenoir afin de me mettre d'accord avec lui.

— Papa, pourrai-je emmener Dagobert ? demanda soudain Claude.

— Non, mon petit. Cela est, hélas, impossible, car M. Lenoir déteste les chiens.

— Alors, je le déteste, lui aussi, déclara Claude, le visage sombre. Et je ne m'en irai pas sans Dago.

— Tu retourneras donc à Clairbois, riposta M. Dorsel d'un ton sec. Et ce n'est pas une raison pour prendre cet air grognon. Tu sais que rien ne me déplaît autant que de te voir faire la mauvaise tête. »

Mais Claude n'avait nulle intention de céder, et, tournant le dos à son père, elle se dirigea vers la porte, à la grande consternation de ses cousins.

« Pourvu, se disaient-ils, que Claude ne gâche pas les vacances par quelque esclandre ! Ce serait amusant de s'en aller au Pic du Corsaire, bien qu'il soit fort triste de renoncer à emmener Dago. »

Lorsque les cinq amis se retrouvèrent quelques instants plus tard dans le salon. Annie voulut passer son bras sous celui de sa cousine, mais Claude la repoussa avec colère.

« Ecoute, il faut venir chez M. Lenoir avec nous, dit Annie. Je ne pourrai jamais partir sans toi et cela nous ennuierait de te savoir à Clairbois toute seule.

— Je n'y serais pas seule : j'aurais Dago », riposta Claude.

Les enfants eurent beau insister pour la faire revenir sur sa décision : elle demeura inébranlable.

« Laissez-moi donc tranquille, dit-elle. Il faut que je réfléchisse... Voyons, comment va-t-on d'ici chez M. Lenoir, et d'abord où se trouve ce fameux Pic du Corsaire ? Savez-vous quelle route l'on prend pour y arriver ?

— Nous devons y aller en voiture, répondit François, et comme j'ai entendu dire à Noiraud qu'il habitait quelque part sur la côte, il est probable que l'on suivra la corniche... Mais pourquoi demandes-tu cela, Claude ?

— C'est mon affaire », dit-elle. Et Claude quitta la pièce, escortée de Dagobert. Personne ne chercha à la suivre, car l'on savait combien elle pouvait se montrer désagréable quand elle était en colère.

Pendant ce temps, Mme Dorsel avait commencé à préparer les bagages des enfants, bien qu'il fût pratiquement impossible de récupérer les vêtements rangés dans leurs chambres. Une demi-heure plus tard, Claude reparut, l'air détendu, presque souriant. Dagobert n'était pas avec elle.

« Tiens ! où donc est Dago ? questionna Annie.

— Il se promène », répondit Claude.

François lui jeta un coup d'œil surpris.

« Viendras-tu avec nous ? iui demanda-t-il.

— Oui, je m'y suis décidée », déclara-t-elle, en évitant de regarder son cousin en face, ce qui acheva d'intriguer le garçon.

Tante Cécile servit à déjeuner plus tôt que de coutume. Comme le repas s'achevait, on entendit une voiture s'arrêter devant la maison. C'était celle que l'on avait commandée. Tous s'y installèrent gaiement et tandis que Mme Dorsel les embrassait, son mari leur fit toutes sortes de recommandations, les chargeant de mille amabilités à l'adresse de M. Lenoir.

« J'espère que vous ne vous ennuierez pas là-bas, dit tante Cécile. Ecrivez-nous dès que vous serez arrivés et donnez-nous vos impressions.

— Oh ! s'écria soudain Annie, nous avons oublié de dire au revoir à Dago ! » Et se tournant, stupéfaite, vers sa cousine : « Claude, tu ne vas tout de même pas t'en aller sans l'avoir caressé !

— Trop tard, mes enfants, il est temps de partir », fit vivement M. Dorsel, qui redoutait de voir sa fille

créer de nouvelles difficultés. « Chauffeur, en route ! Et surtout, soyez prudent. »

La voiture démarra aussitôt, tandis que les enfants s'exclamaient joyeusement et lançaient des signes d'adieu. Mais l'instant d'après, comme ils regardaient par la vitre arrière, leur cœur se serra au spectacle de leur chère maison à demi écrasée sous le poids du grand hêtre. Cependant, cette tristesse se dissipa bien vite, à la pensée des merveilleuses vacances qu'ils allaient passer chez leur ami Noiraud. Finies les angoisses, oubliée la crainte de retourner en pension : on était en route pour le Pic du Corsaire !

« Quel nom magnifique ! s'écria Annie. Jamais je n'aurais osé rêver de connaître un endroit pareil. Je m'y vois déjà : une vieille maison perchée au sommet d'une colline. Et quand je pense que c'était autrefois une île... Je me demande pourquoi la mer s'est retirée en laissant tous ces marécages ! »

Claude se taisait. Ses compagnons, qui, de temps à autre, l'observaient à la dérobée, en concluaient qu'elle pensait au malheureux Dago. Pourtant nulle mélancolie ne se lisait sur son visage.

La voiture acheva de gravir une côte, puis s'engagea à vive allure sur la descente qui lui succédait. Au bas de la pente, Claude se pencha vers le chauffeur et dit, lui touchant légèrement le bras :

« Voudriez-vous arrêter un instant, s'il vous plaît ? Nous avons quelqu'un à prendre ici. »

Annie, Mick et François regardèrent leur cousine avec stupeur, tandis que le conducteur freinait, fort étonné, lui aussi. Claude ouvrit la portière et donna un coup de sifflet retentissant. Une sorte de bolide jaillit alors de la haie qui bordait la route et bondit dans la voiture. C'était Dagobert ! Il bouscula tout le monde, et lécha les mains de ses amis, écrasant les pieds, et se démenant comme un beau diable, en poussant ces petits cris plaintifs par lesquels il exprimait que sa joie était à son comble.

« Ma foi, mademoiselle, dit enfin le chauffeur, s'adressant à Claude d'un ton hésitant, je ne sais pas s'il faut que nous emmenions ce chien. Votre père ne m'en a pas parlé.

— C'est très bien ainsi, répondit Claude, le visage rose de plaisir. Ne vous inquiétez pas : tout est parfait. A présent, vous pouvez repartir.

— Tu es terrible, Claude ! » dit François, à la fois contrarié par la désobéissance de sa cousine, et heureux de la présence de Dago. « Mais tu sais, j'ai bien peur que M. Lenoir ne nous oblige à renvoyer Dago chez tes parents.

— Dans ces conditions, il faudra m'y renvoyer moi aussi, lança Claude sur un ton de défi. L'essentiel pour l'instant, c'est que Dago soit du voyage !

— Je suis de ton avis : c'est merveilleux », renchérit Annie. Elle donna à sa cousine une affectueuse bourrade. « Dago me manquait autant qu'à toi !

— Et maintenant, en route pour le Pic du Corsaire, s'écria Mick. Ah ! mes amis, je me demande si, là-bas, nous allons encore avoir des aventures... »

CHAPITRE IV

Le Pic du Corsaire

La voiture roulait à bonne allure. La route en corniche longeait la mer, ne s'éloignant guère de celle-ci que pour faire quelques brèves incursions à l'intérieur des terres. Cette longue course enchantait les enfants. L'on devait s'arrêter en chemin pour déjeuner, et le chauffeur connaissait, paraît-il, une bonne auberge.

A midi et demi, on fit halte devant une maisonnette campée au bord de la route. Tout le monde descendit. François prit la tête du groupe et dès que l'on fut installé, ce fut lui qui se chargea de commander le repas. Celui-ci était excellent et l'on fit grand honneur au menu. Dagobert ne fut pas en reste... L'aubergiste, qui aimait beaucoup les chiens, lui servit une assiette si bien remplie que Dago hésita tout d'abord à s'en approcher. Il leva la tête pour regarder Claude, l'air indécis. Elle lui adressa un signe d'encouragement.

« Tu peux manger, va. C'est pour toi. »

Il obéit sans se faire prier, se demandant si cette merveilleuse auberge ne serait pas par bonheur le terme du voyage. Quel séjour rêvé que celui où l'on servait un tel déjeuner aux chiens affamés ! Cependant, le repas terminé, les enfants quittèrent la table pour aller rejoindre leur chauffeur qui avait déjeuné à la cuisine, en compagnie de l'aubergiste et de sa femme — ses amis de longue date.

« Ainsi, dit le patron à ses visiteurs, vous voici en route pour le Rocher Maudit ?

— Quoi, fit Mick, surpris. Serait-ce là le nom que l'on donne à l'endroit où nous allons ?

— Parfaitement.

— Pourquoi donc ? questionna Annie. Je trouve que c'est une drôle d'idée...

— Pas du tout. » Et l'aubergiste d'expliquer :

« On raconte qu'autrefois ce pic était une sorte de presqu'île, rattachée à la terre ferme. Seulement comme elle n'était habitée que par de méchantes gens, il vint un jour où les saints du paradis en eurent assez. Pour la punir, ils lui jetèrent leur malédiction et, l'arrachant à la côte, ils la lancèrent bien loin dans la mer où elle devint une île...

— Que l'on a nommée le Rocher Maudit, conclut Mick. Mais ne croyez-vous pas que, depuis, les saints ont dû pardonner ? Il me semblait avoir entendu dire qu'à présent la mer s'était retirée et que l'on pouvait aller à pied sec de l'île à la côte...

— En effet, reconnut l'aubergiste. Il existe une route fort praticable, mais à condition d'être prudent... Surtout, si vous vous y engagez, tâchez de ne pas vous écarter : vous auriez vite fait de vous enliser dans le marais !

— Quel endroit extraordinaire ! s'écria Claude. Le

Pic du Corsaire, le Rocher Maudit... et, pour y accéder, une seule route ! »

A cet instant, le chauffeur de la voiture jeta un coup d'œil à la pendule.

« Allons, il est temps de partir, dit-il. Votre oncle tient absolument à cc que vous arriviez chez M. Lenoir de bonne heure. »

On se hâta de remonter en voiture, et Dagobert, bousculant et poussant ses compagnons, s'installa sur les genoux de Claude. Gros et lourd comme il était, c'était de sa part une idée extravagante, mais jamais sa jeune maîtresse n'avait su lui refuser cette fantaisie, lorsqu'il en manifestait le désir.

Quand on eut repris la route, Annie ne tarda guère à s'assoupir, bercée par le ronronnement du moteur tandis que ses compagnons luttaient de leur mieux contre l'envie de dormir. Il s'était mis à pleuvoir, et, sous le ciel assombri, le paysage semblait à présent d'une affreuse tristesse. Au bout de quelque temps, le chauffeur se retourna vers François :

« Nous ne sommes plus très loin du Rocher Maudit, annonça-t-il. Nous allons bientôt arriver à l'embranchement de la route qui part de la côte pour mener à l'île en traversant les marais. »

François s'empressa de réveiller Annie, et les cinq amis se tinrent en alerte, ne voulant rien manquer du spectacle qui allait certainement s'offrir à leurs yeux. Mais quelle ne fut pas leur déception ! Le marais était couvert d'une brume si épaisse que les enfants eurent beau écarquiller les yeux : il leur fut impossible de distinguer autre chose que la chaussée sur laquelle la voiture s'était engagée. Elle formait une sorte de levée de terre émergeant à peine du marécage. De temps à autre, un pan de brume poussé par le vent s'écartait légèrement et l'on entrevoyait, l'espace de quelques secondes, l'immense plaine basse qui s'étendait alentour, grise et morne.

« Pourriez-vous vous arrêter ici un instant ?

demanda François au chauffeur. Je voudrais bien regarder ce fameux marais d'un peu plus près.

— Entendu », répondit l'homme. Il freina. « Mais je vous avertis, ne quittez pas la route, et surtout, tenez bien votre chien : s'il venait à s'aventurer dans le marais, vous ne le reverriez plus.

— Que voulez-vous dire ? fit Annie, ouvrant de grands yeux.

— Oh ! c'est bien simple, expliqua François. Cela signifie que Dago s'enliserait immédiatement dans la vase... Claude, enferme-le donc dans la voiture. »

Dagobert eut beau protester : il dut rester dans le taxi, en compagnie du chauffeur. Comme il grattait la portière dans l'espoir de l'ouvrir, l'homme se retourna vers lui.

« Ne t'inquiète pas, mon vieux, dit-il. Tes amis n'en ont pas pour longtemps, va ! »

Mais Dago, bien loin de se calmer, commença à pousser des gémissements lamentables. Il voyait les enfants s'approcher du bord de la route, se pencher...

De grosses dalles, en contrebas, formaient une sorte de corniche qui courait tout le long de la chaussée. François descendit avec précaution et prit pied sur les pierres. Puis il examina attentivement le marais.

« Ce n'est que de la vase, déclara-t-il. Regardez donc comme c'est liquide ! Je n'ai qu'à y toucher du bout du pied pour que la surface bouge. Si quelqu'un se trouvait pris là-dedans, il serait englouti en un clin d'œil... »

Ces paroles effrayèrent Annie.

« Oh ! François, si tu tombais ! s'écria-t-elle. Remonte, je t'en prie ! »

La brume formait d'étranges volutes, qui tourbillonnaient, se nouaient et se dénouaient en rasant l'étendue saumâtre. Les enfants considéraient le spectacle en silence. Ils ne pouvaient se défendre d'éprouver un sentiment de malaise. L'air était imprégné d'une humidité glacée, l'atmosphère semblait sinistre. Dans le taxi, Dagobert s'était mis à aboyer furieusement.

L'homme promenait autour de lui un regard soupçonneux. →

« Si nous tardons à revenir près de lui, Dago va tout démolir à l'intérieur de la voiture », dit Claude.

On rebroussa chemin. Cependant, François se demandait combien de voyageurs avaient dû s'enliser dans ces affreux marais.

« Il y a bien longtemps que l'on en a perdu le compte », déclara le chauffeur, en réponse à la question que lui posait le jeune garçon. « Il existe, paraît-il, un ou deux passages sûrs qui permettent de traverser sans encombre. C'étaient ceux que les gens utilisaient autrefois, avant qu'on ne construise la route. Mais il faut bien les connaître... car il suffirait de se tromper d'un demi-mètre à droite ou à gauche pour se retrouver dans la vase jusqu'au cou.

— Quelle horreur ! s'exclama Annie. Ne parlons plus de tout cela, je vous en prie... Dites-moi, monsieur, sommes-nous encore loin du Rocher Maudit ?

— Tenez, regardez-le : il commence à se profiler dans la brume. Voyez-vous le sommet qui se découvre peu à peu ?... Quel étrange pays, n'est-ce pas ? »

Les enfants se taisaient. Là-bas, devant eux, une haute colline émergeait lentement de la masse mouvante du brouillard. C'était une sorte de pic rocheux aux pentes abruptes qui s'élevaient hardiment à la verticale, telles des falaises. On eût dit qu'il voguait sur une mer de nuages, irréel, et comme détaché de la terre. Le Rocher Maudit était couvert de maisons vieillottes qui, même à cette distance, composaient un tableau pittoresque, car certaines d'entre elles étaient coiffées de tours et de poivrières.

« Je parie que c'est le Pic du Corsaire que l'on aperçoit tout au sommet, s'écria François, tendant le doigt. On dirait un vieux château fort... Il date sûrement de plusieurs siècles ! Regardez sa tour ! Par beau temps, on doit avoir de là-haut une vue merveilleuse. »

Les enfants ne pouvaient détacher leurs yeux de ce site qui était le but de leur voyage. Son pittoresque leur plaisait infiniment, de même que l'impression qui se dégageait des alentours ; cependant ils ne pouvaient s'empêcher de lui trouver quelque chose d'inquiétant.

« On dirait que ce pays possède un secret », murmura Annie, exprimant ainsi ce que ses compagnons pensaient tout bas. « Je lui trouve un air tellement étrange..., on croirait qu'il a été le témoin d'une foule d'aventures fabuleuses tout au long des siècles ! »

Le chauffeur avait remis la voiture en route, mais l'on n'avançait guère qu'au pas, car la brume s'épaississait encore. Heureusement, de gros cabochons phosphorescents taillés à facettes jalonnaient la ligne médiane de la route, et, quand le conducteur allumait ses phares de brouillard, leur éclat faisait scintiller les balises. On approchait du rocher, et bientôt la chaussée commença à s'élever en direction du sommet.

« Tout à l'heure, nous passerons sous une grande porte, annonça le chauffeur. C'était autrefois l'entrée de la place forte. Les vieux remparts sont demeurés intacts et l'on peut encore se promener sur le chemin de ronde qui fait tout le tour de la ville. »

En entendant ces mots, les enfants se dirent aussitôt que ce serait là une distraction à inscrire au programme de leurs vacances. En choisissant une belle journée, l'excursion serait magnifique !

La montée devenait de plus en plus rude et le conducteur dut rétrograder ses vitesses. Le bruit du moteur s'enfla et la voiture reprit de l'élan. Soudain, une haute porte flanquée de tours crénelées surgit de la brume. Quand ils la franchirent, les enfants n'eurent que le temps de distinguer deux vantaux gigantesques, rabattus contre les murs. Le voyage se terminait : on était arrivé au Rocher Maudit.

« C'est extraordinaire : on pourrait se croire ramené à je ne sais combien de siècles en arrière ! » s'exclama François, découvrant avec surprise les ruelles pavées, les vieilles maisons aux portes massives, les boutiques et les échoppes aux fenêtres garnies de petits carreaux en losange.

Le chauffeur prit la rue principale, étroite et tortueuse, pour s'arrêter enfin devant une entrée voûtée que défendait une grille de fer forgé. Au coup de klaxon du chauffeur, une servante vint ouvrir. Le taxi s'engagea alors dans une allée qui, par une pente assez raide, menait au bâtiment d'habitation.

Quand la voiture se fut arrêtée, les enfants descendirent presque à regret : une timidité soudaine les paralysait à la vue de cette vieille demeure qui portait un nom si étrange. Le Pic du Corsaire... C'était une énorme construction de briques, à poutres apparentes, massive et sévère. La porte d'entrée ressemblait à celle d'une forteresse. Des frontons curieusement sculptés surmontaient certaines fenêtres. L'aile nord des bâtiments se prolongeait par une tour unique, sorte de haut donjon au toit pointu.

« Le Pic du Corsaire..., voilà une maison qui me paraît vraiment bien nommée, déclara François. J'imagine que ce devait être un refuge idéal pour les corsaires et les contrebandiers qui, autrefois, ne pouvaient manquer de fréquenter ce pays. »

Cependant, Mick avait gravi les marches du perron. Avisant une poignée de fer fixée à l'extrémité d'un fil métallique qui sortait de la muraille, il tira. Aussitôt, le tintement d'une cloche retentit à l'intérieur de l'habitation. On entendit un bruit de pas précipités et la porte s'ouvrit. Mais le vantail s'écarta avec une extrême lenteur, en raison de son poids.

Deux enfants apparurent, une fille à peu près de la même taille qu'Annie, et un garçon qui semblait avoir l'âge de Mick.

« Vous voici enfin ! s'écrièrent-ils en chœur. Nous finissions par croire que vous ne viendriez jamais. »

Mick, se tourna vers Claude et Annie et, leur désignant le garçon :

« Je vous présente Noiraud », fit-il.

Dévisageant leur hôte, les deux cousines durent bien admettre que son sobriquet lui convenait à merveille : yeux, sourcils, cheveux, tout était noir, jusqu'à son teint bistré.

La fille qui se tenait à son côté formait avec lui un contraste surprenant, tant elle semblait pâle et délicate avec son regard clair, ses boucles d'or et des sourcils d'un blond léger qu'on distinguait à peine.

« Et voici ma sœur Mariette, dit Noiraud à son tour. J'ai toujours l'impression qu'à nous voir ensemble, on doit nous prendre pour la Belle et la Bête ! »

Noiraud avait l'air si sympathique avec ses yeux vifs et son sourire espiègle qu'il plut tout de suite aux arrivants. Claude en fut la première surprise, car elle n'avait pas l'habitude de se sentir aussi à l'aise avec les gens qu'elle ne connaissait pas. Mais comment aurait-on pu faire grise mine à Noiraud, après avoir croisé le regard de ses yeux noirs pétillants de malice dans son visage rieur ?

« Entrez donc », dit le garçon à ses amis. Puis, s'adressant au chauffeur du taxi : « Si vous voulez bien faire le tour de la maison, vous vous arrêterez devant la porte de service. Vous y trouverez Simon, qui vous aidera à décharger les bagages. Et puis vous entrerez vous restaurer un peu... »

Comme Noiraud achevait de prononcer ces mots, sa figure s'assombrit brusquement.

« Mon Dieu ! murmura-t-il. Vous avez donc amené votre chien !

— Parfaitement », dit Claude. Et, posant la main sur la tête de Dago comme pour le protéger, elle expliqua : « Il est à moi et, comme il a l'habitude de toujours me suivre partout, je ne pouvais pas le laisser à la maison !

— Sans doute... Seulement il y a un ennui : c'est qu'aucun chien n'a le droit de pénétrer ici. »

Noiraud semblait inquiet et, tout en parlant, il jetait de rapides coups d'œil derrière lui, comme s'il craignait qu'on ne découvre la présence de Dago.

« Mon père a la phobie des chiens, reprit-il. Il ne peut supporter d'en voir autour de lui, et je me rappelle le drame que cela a fait, certain jour où j'en avais quand même ramené un à la maison... »

A ces mots, Annie ne put retenir une exclamation de surprise, tandis que Claude prenait son air obstiné et boudeur des mauvais jours.

« J'avais pensé qu'il nous serait peut-être possible de cacher Dago quelque part, balbutia-t-elle. Mais après ce que je viens d'entendre, il ne me reste plus qu'à rentrer à Kernach avec le taxi... Au revoir ! »

Et, plantant là ses amis, Claude tourna les talons pour s'en aller rejoindre le chauffeur, escortée de Dagobert. Noiraud la regardait, bouche bée, mais revenant bientôt de sa surprise, il se précipita derrière elle, et lui cria à tue-tête :

« Ce que tu peux être bête ! Reste ici, va : nous allons bien finir par trouver quelque chose ! »

CHAPITRE V

Noiraud

D'un bond le garçon franchit les degrés du perron et se lança à la poursuite de Claude. Annie, Mick et François lui emboîtèrent le pas en un clin d'œil, tandis que Mariette prenait grand soin de refermer d'abord la porte de la maison derrière elle.

Noiraud rejoignit la fugitive au moment où elle arrivait à la hauteur d'une petite poterne à demi dissimulée sous les plantes qui tapissaient le pied des murs de la maison. Empoignant Claude par le bras, il poussa le vantail et, sans ménagements, obligea sa prisonnière à se glisser par l'ouverture.

« Brute ! s'exclama Claude, indignée. Si tu t'amuses à me bousculer comme cela, Dago ne va pas tarder à te sauter dessus !

— Sois tranquille : il ne me mordra pas, fit Noiraud avec un sourire. Les chiens m'aiment toujours, et pour ce qui est du tien, je pourrais te tirer les oreilles qu'il se contenterait de me regarder en remuant la queue ! »

La poterne franchie, les enfants se retrouvèrent dans un long corridor obscur. Il aboutissait à une porte fermée.

« Attendez-moi un instant, dit Noiraud, Je vais m'assurer que la voie est libre... Papa est à la maison, je le sais, et si jamais il apercevait votre chien, je ne donnerais pas un quart d'heure avant que vous ne vous retrouviez tous dans votre taxi, en route pour Kernach. C'est bien là ce que je veux éviter, car vous ne pouvez savoir comme je me suis réjoui à la perspective de passer mes vacances avec vous ! »

Son sourire et la joie qui se lisait dans ses yeux achevèrent de réchauffer le cœur des enfants. Claude elle-même sentit fondre sa colère. Elle serra Dagobert contre elle. Mais, en même temps, chacun éprouvait une grande crainte à la pensée de rencontrer M. Lenoir. Ce devait être un homme terrible !

A pas de loup, Noiraud s'approcha de la porte du corridor. Il l'ouvrit avec précaution, et jeta un coup d'œil dans la pièce qui se trouvait de l'autre côté. Puis il revint vers ses amis.

« Tout va bien, annonça-t-il à mi-voix. Nous allons pouvoir emprunter le passage secret qui monte à ma chambre. Ainsi, personne ne nous verra entrer et, une fois là-haut, nous serons tranquilles pour tirer nos plans. En route ! »

« Un passage secret ! Quelle aventure ! » se disaient les enfants, en suivant leur guide, le cœur battant. En silence, ils pénétrèrent dans la pièce à laquelle aboutissait le corridor. Elle était sombre, d'aspect sévère avec ses murs lambrissés de chêne. Sans doute servait-elle de bibliothèque ou bien de bureau, car l'on y voyait une grande table ainsi qu'une quantité impressionnante d'étagères et de casiers surchargés de livres. Mais, pour l'instant, il n'y avait personne.

Sans hésiter, Noiraud se dirigea vers l'une des boiseries. Ses doigts se promenèrent doucement sur une moulure, exercèrent en un point précis une forte pesée. Le panneau de chêne coulissa sans bruit. Alors, le jeune garçon plongea la main dans le trou, empoigna quelque chose, tira... et, au même instant, tout un pan du lambris pivota lentement. L'ouverture qu'il démasquait ainsi, à la manière d'une porte tournant sur ses gonds, était amplement suffisante pour permettre aux enfants de s'y introduire sans peine.

« Venez, dit Noiraud dans un souffle. Et surtout, pas de bruit ! »

Ravis en même temps qu'assez inquiets de l'aventure, les amis se faufilèrent l'un après l'autre. Noiraud passa le dernier, et tandis qu'il procédait à une manœuvre mystérieuse, l'on entendit les lambris reprendre doucement leur place. Alors, il alluma une petite lampe de poche car il faisait à présent un noir d'encre.

Les enfants regardèrent autour d'eux, éberlués. Ils se trouvaient à l'extrémité d'une sorte de corridor taillé dans l'épaisseur d'une muraille. Le passage était si étroit qu'il eût été impossible à deux personnes de s'y engager de front.

« Tiens, prends ça », murmura Noiraud, faisant passer sa lampe à François qui se trouvait en tête de la colonne. « Avance droit devant toi jusqu'au pied d'un escalier. Tu le monteras et, en haut des marches, tu tourneras à gauche. Après, tu continueras ton chemin sans plus t'occuper de rien, et quand tu te trouveras dans une espèce de cul-de-sac, avec un mur devant toi, je te dirai ce qu'il faudra faire. »

François se mit en toute, tenant la lampe levée bien haut, afin de mieux guider ses compagnons. Déjà fort étroit, le passage était, de plus, si bas de plafond que, seules, Annie et Mariette pouvaient se dispenser de courber la tête.

Annie ne se sentait guère à l'aise, car elle avait toujours eu horreur des espaces confinés. Elle ne pouvait s'empêcher de penser à certains cauchemars qu'elle avait eus et où il lui semblait étouffer, emprisonnée dans un réduit minuscule. Aussi fut-ce avec un véritable soulagement qu'elle entendit François annoncer :

« Voici l'escalier. Attention à la montée !

— Chut ! souffla Noiraud. Ce n'est pas le moment de faire du bruit : nous passons le long de la salle à manger qui communique aussi avec ce corridor où nous nous trouvons. »

En silence, les enfants poursuivirent leur chemin. Ils s'efforçaient de marcher sur la pointe des pieds, ce qui leur semblait d'autant plus difficile qu'ils devaient en même temps courber la tête et les épaules.

Ils gravirent quatorze marches d'un escalier raide comme une échelle et qui tournait brusquement sur lui-même à mi-hauteur. En atteignant le sommet, François suivit à la lettre les indications de Noiraud et s'engagea dans un nouveau passage, aussi étroit que le premier. Au bout de quelques minutes, le jeune garçon s'arrêta brusquement : juste à temps pour ne pas donner du nez contre un mur de pierre nue qui lui barrait le chemin. Surpris, il promena le faisceau de sa lampe du haut en bas de l'obstacle. Derrière lui, Noiraud dit à voix basse :

« Tu vois, François, nous sommes maintenant à l'extrémité du passage. Eclaire le plafond : à l'endroit où il rejoint la paroi, tu apercevras une poignée de fer. Pousse-la aussi fort que tu le pourras... »

François obéit. Quand il eut découvert la poignée plantée dans la muraille, il fit passer sa lampe dans sa main gauche et exécuta la manœuvre indiquée par son ami. A peine avait-il accompli son geste qu'à sa profonde surprise, un énorme bloc de pierre qui se trouvait au milieu du mur bascula lentement vers lui, démasquant une ouverture béante. François s'empressa de promener la lumière de sa lampe à l'intérieur de la cavité : celle-ci était vide !

« Ne t'inquiète pas, murmura Noiraud. Cette trappe s'ouvre au fond du placard de ma chambre. Faufile-toi dans le trou. Nous te suivons. Et ne crains rien : il n'y a personne chez moi ! »

Quand il se fut glissé par l'ouverture, François se trouva dans une vaste penderie remplie de vêtements. A tâtons, il les écarta pour se frayer un chemin et buta contre une porte qu'il ouvrit. D'un seul coup, un jour brutal pénétra dans le placard, et sa lumière envahit jusqu'à l'entrée du passage secret.

L'un après l'autre, les enfants suivirent François, puis ce fut le tour de Dago, silencieux, l'œil effaré. Cette étrange promenade dans l'obscurité d'un corridor étroit n'était pas de son goût et il accueillit avec un vif soulagement la fin de cette éprouve.

Fermant la marche, Noiraud remit la grosse pierre en place avec un soin extrême. Le mécanisme semblait fonctionner parfaitement, mais comment ? par quel moyen ? François en était encore à se le demander.

Quand Noiraud rejoignit ses compagnons, il remar-

qua que Claude tenait fermement son chien par le collier.

« Rien à craindre, ici, dit-il en souriant. Ma chambre et celle de Mariette sont complètement isolées du reste de la maison. Nous sommes tout seuls dans cette aile et l'on n'y peut accéder que par un couloir interminable. »

Il ouvrit la porte pour confirmer ce qu'il venait d'expliquer. Les enfants virent alors une sorte de palier sur lequel donnait une seconde pièce, la chambre de Mariette. De là, partait un long corridor aux murs nus, au sol dallé, sur lequel on avait jeté quelques tapis usés. Il était éclairé par une large baie qui s'ouvrait non loin de la vieille porte de chêne fermant le passage.

« Vous voyez si nous sommes tranquilles ici, reprit Noiraud. Dagobert pourrait aboyer que, de la maison, personne ne s'en apercevrait.

— Mais on ne vient donc jamais dans vos chambres ? fit Annie, surprise. Qui s'occupe du ménage et qui range vos affaires ?

— C'est Renée, la bonne. Elle monte ici tous les matins. Mais en dehors d'elle, nous n'avons en général aucune visite. D'ailleurs, si quelqu'un arrivait, j'ai un moyen de le savoir »

Les Cinq regardèrent le garçon avec stupéfaction.

« Comment cela ? questionna Mick.

— J'ai inventé une espèce d'avertisseur qui résonne ici, dans ma chambre, dès que l'on touche à la grande porte de chêne, expliqua Noiraud, non sans quelque fierté. Tenez, je vais vous montrer cela : restez ici et écoutez ! »

Il courut entrebâiller la porte qui se trouvait à l'extrémité du couloir. Aussitôt, un timbre grêle, aux vibrations assourdies, retentit dans un coin de la chambre. Tout le monde sursauta, tandis que Dago surpris, dressait les oreilles et grondait furieusement.

« Vous avez entendu ? s'écria Noiraud, revenant au galop. C'est une bonne idée, n'est-ce pas ? J'en ai comme cela des quantités ! »

Les enfants ne purent s'empêcher de penser que le Pic du Corsaire était une demeure bien étrange. Promenant leur regard autour de la chambre, ils n'y découvraient pourtant qu'un mobilier fort ordinaire, en même temps qu'un désordre non moins banal.

La pièce était éclairée par une grande fenêtre à plusieurs vantaux garnis de petits carreaux. La voyant ouverte, Annie s'en approcha. Mais à peine avait-elle jeté un coup d'œil au-dehors qu'elle ne put retenir une exclamation et se recula vivement. Il lui semblait se tenir au bord d'un précipice ! Le Pic du Corsaire était en effet bâti au point le plus élevé de la colline, et la fenêtre de Noiraud donnait justement sur l'escarpement du rocher. De sorte que de là le regard plongeait à pic sur les marais, cent mètres plus bas !

« Regardez ! s'écria-t-elle. C'est effrayant : je ne sais pas l'effet que cela me fait de voir tout ce vide au-dessous de moi. »

A leur tour, les autres sondèrent l'abîme du regard.

Annie avait raison : le spectacle était impressionnant.

Le soleil éclairait à présent le sommet et le flanc de la colline, aussi loin que portait la vue, ce n'était qu'une mer de brouillard. On ne distinguait des marécages qu'une frange étroite, cernant le pied des rochers.

« Quand la brume se dissipe, on peut voir jusqu'à une distance incroyable, dit Noiraud. C'est un spectacle magnifique. On aperçoit les confins du marais, tout juste reconnaissables à une différence de couleur, les jours où la mer est très bleue... Savez-vous qu'il fut un temps où les vagues battaient le pied de cette colline qui était alors une île ?

— Oui, on nous l'a raconté, répondit Claude. Mais comment se fait-il que la mer se soit ainsi retirée ?

— Je l'ignore. Les gens prétendent qu'aujourd'hui encore, elle s'éloigne de plus en plus. A tel point qu'il serait même question d'assécher les marécages pour en faire des terres cultivables. Je me demande si l'on y réussira un jour...

— Moi, je n'aime pas ce marais, dit Annie en frissonnant. Rien que de le regarder, il me donne la chair de poule ! »

A cet instant, Dagobert se mit à gémir et Claude songea qu'il était grand temps de lui trouver une cachette. Elle se tourna vers Noiraud.

« Ne disais-tu pas que tu pourrais dissimuler Dago quelque part ? questionna-t-elle. Qu'allons-nous faire de lui ? et puis comment le nourrirons-nous ? Enfin, il faudra aussi le promener. C'est un gros chien : on ne peut pas le tenir enfermé du matin au soir.

— Ne t'inquiète pas, tout ira très bien, déclara Noiraud. J'adore les animaux et je suis ravi que Dago soit ici. Seulement, je te préviens que, si papa le découvre, nous recevrons certainement tous une belle volée et il ne se passera pas longtemps avant que vous ne repreniez le chemin de Kernach !

— Mais enfin, pourquoi ton père déteste-t-il tellement les chiens ? demanda Annie, intriguée. En a-t-il peur ?

— Non, je ne le crois pas. Seulement, il n'en veut à aucun prix dans la maison. Sans doute a-t-il ses raisons. Au fond, mon père est assez bizarre !

— Que veux-tu dire ? fit Mick à son tour.

— Je ne sais pas..., il a toujours l'air plein de secrets, répondit Noiraud. Les gens qui viennent le voir ont une allure étrange : ils arrivent en cachette. Et puis, certains soirs, j'ai vu des lumières briller au sommet de notre tour. On aurait dit des signaux... J'ai bien essayé de découvrir qui les allumait et dans quel but, mais je n'ai pu y parvenir.

— Crois-tu que ton père pourrait se livrer à la contrebande ? questionna Annie vivement.

— Cela m'étonnerait : nous avons déjà un contrebandier au Rocher Maudit et tout le monde le connaît ! Tu vois cette maison, vers la droite, à flanc de colline ? C'est là qu'il habite. On l'appelle M. Vadec. Il est riche comme Crésus. La police est au courant de ses activités mais ne peut rien contre lui tant il a d'influence. Alors il fait ce qu'il veut, sans toutefois permettre à personne de l'imiter. Aussi, tu peux être tranquille : tant qu'il sera ici, on ne verra pas d'autre contrebandier dans le pays !

— Quelle étrange histoire, s'exclama François. Je commence à avoir l'impression que les aventures ne doivent pas manquer ici !

— Tu te trompes, repartit Noiraud. Il ne se passe jamais rien, au contraire, bien que la colline regorge de passages secrets : le rocher est comme une taupinière, creusé d'innombrables galeries qu'utilisaient jadis les pirates et les contrebandiers.

— Alors... » commença François, mais il s'interrompit et tous les regards se tournèrent vers Noiraud. La sonnerie de l'avertisseur venait de retentir : quelqu'un avait ouvert la porte du corridor !

CHAPITRE VI

La famille Lenoir

« On vient ! s'écria Claude, affolée. Vite, qu'allons-nous faire de Dago ? »

Noiraud prit le chien par son collier et le poussa dans le placard dont il referma la porte.

« Sois sage ! » ordonna-t-il, et, docilement, Dago s'assit dans le réduit obscur, où il se tint coi, tandis que son poil se hérissait lentement sur son échine.

« Et à présent, lança Noiraud à ses amis d'une voix claironnante, je crois qu'il serait temps que je vous conduise à vos chambres ! »

A ce moment, la porte s'ouvrit et un homme parut. Il était vêtu d'un pantalon noir et d'une veste de toile blanche. Sa physionomie semblait étrange.

« C'est ce que j'appelle un visage fermé, se dit

Annie en l'observant. Il doit être impossible de savoir ce que pense cet homme-là : on croirait qu'il porte un masque... »

« Tiens, vous voilà, Simon », fit Noiraud avec insouciance. Et, se tournant vers ses compagnons : « Je vous présente Simon, l'homme de confiance de papa. Comme il est sourd, vous pouvez dire ce que vous voulez devant lui ; cependant, je ne vous le conseille pas, car j'ai l'impression qu'il comprend toujours de quoi il s'agit.

— De toute manière, déclara Claude, je trouve qu'il serait fort mal de raconter en sa présence des choses dont nous n'oserions pas parler s'il pouvait nous entendre. »

Comme elle achevait ces mots, Simon prit brusquement la parole et, s'adressant à Noiraud :

« Vos parents désirent savoir pour quelle raison vous n'avez pas conduit vos amis auprès d'eux, fit-il d'une voix neutre. Pourquoi êtes-vous monté directement dans votre chambre ? »

Tout en parlant, l'homme promenait autour de lui un regard soupçonneux.

« Mon Dieu, songea Claude avec angoisse, on dirait presque qu'il a deviné la présence de Dago et qu'il cherche à savoir ce qu'il est devenu ! Pourvu que le chauffeur de notre taxi n'ait pas parlé ! »

Noiraud n'avait pas perdu son sang-froid.

« C'est bien simple, expliqua-t-il. J'étais si content de voir arriver mes amis que je les ai tout de suite conduits ici pour bavarder avec eux !... Merci, Simon. Nous allons descendre dans un instant. »

L'homme sortit, le visage impénétrable. Rien, pas le moindre sourire, pas la moindre expression n'avait animé ses traits.

« Je n'aime pas cet homme, s'écria Annie avec fougue. Est-il ici depuis longtemps ?

— Non, un an environ, répondit Noiraud. Nous l'avons vu arriver un beau matin. Il est entré sans dire un mot. Cinq minutes plus tard, il avait déjà endossé sa veste blanche et il allait frapper à la porte du bureau pour faire le ménage. Papa l'attendait certainement, mais maman n'était au courant de rien, j'en suis persuadé. Si vous aviez vu sa stupéfaction !... Allons, ce n'est pas le moment de faire des discours : il faut nous dépêcher de descendre ! »

Et Noiraud se dirigea vers la porte, mais au moment de sortir, il se retourna vers ses amis :

« A propos, j'aime mieux vous dire que papa semble toujours très gentil. Il sourit, aime s'amuser et raconter des histoires. Mais il ne faut pas s'y fier, car il est capable de prendre des colères terribles...

— J'aimerais mieux ne pas me trouver trop souvent avec lui, murmura Annie, tout juste rassurée. Et ta maman, Noiraud, comment est-elle ?

— Je suis sûr que vous vous entendrez tout de suite avec elle. Elle est merveilleuse, mais la vie ici n'est pas bien gaie pour elle. Elle déteste cette vieille maison, et je me demande quelquefois si elle n'a pas peur de quelqu'un ou de quelque chose ici. Naturellement, elle ne doit pas se l'avouer mais cela n'empêche pas... »

Mariette qui, par timidité, avait jusqu'ici gardé le silence, hocha la tête.

« Moi non plus je n'aime pas habiter ici, fit-elle. Et si ce n'était pas la peine que j'aurais à quitter maman, je serais bien contente que l'on me mette en pension, comme mon frère...

— Allons, suivez-moi, dit Noiraud. Il est préférable de laisser Dago dans le placard pour l'instant, au cas où Simon reviendrait fureter dans ma chambre. D'ailleurs, pour plus de sûreté, je vais fermer la porte de la penderie et emporter la clef. »

Navrés en songeant au pauvre Dago, prisonnier dans son réduit, les enfants s'engagèrent dans le corridor, Mariette et Noiraud guidaient la colonne.

La porte de chêne franchie, on se trouva sur le

palier d'un vaste escalier de pierre aux marches larges et basses que l'on descendit. Il aboutissait dans un vestibule monumental. Noiraud ouvrit une porte sur la droite, entra dans la pièce et on l'entendit qui parlait à quelqu'un.

« Nous voici, disait-il. Papa, je te demande pardon de m'être ainsi précipité dans ma chambre, mais j'étais si content et j'avais tant de choses à raconter !

— A ce que je vois, mon petit, tes manières laissent encore beaucoup à désirer », observa M. Lenoir d'une voix grave.

Les autres enfants pénétrèrent à leur tour dans la pièce. Et ils se trouvèrent face à face avec leur hôte, assis dans un fauteuil au haut dossier sculpté. C'était un homme mince, d'aspect net et soigné. Ses abondants cheveux blonds brossés en arrière encadraient un visage intelligent, qu'éclairaient des yeux bleus aussi lumineux que ceux de Mariette. M. Lenoir souriait, mais son sourire ne déridait que la bouche et les lèvres, tandis que le reste de la physionomie gardait une expression de froideur surprenante.

« Quel regard glacé », se dit Annie en s'avançant vers le maître de maison. Il lui tendit une main, qu'elle trouva sans chaleur. Puis il sourit encore et lui passa son bras autour des épaules.

« Voici une petite fille charmante, déclara-t-il, et qui fera une excellente compagne pour notre Mariette. Et Noiraud aura de son côté trois camarades pour lui tout seul ! »

M. Lenoir prenait de toute évidence Claude pour un garçon. Nul ne tenta de détromper M. Lenoir. Claude était ravie de la méprise, et elle s'avança tranquillement vers son hôte pour lui donner une poignée de main, suivie par Mick et François.

Personne n'avait encore remarqué la présence de Mme Lenoir ! Elle était là, pourtant, perdue au fond d'un grand fauteuil, menue comme une poupée avec ses yeux gris et ses cheveux blond cendré.

En la voyant, Annie ne put dissimuler sa surprise. « Mon Dieu, que vous êtes petite ! » s'écria-t-elle.

M. Lenoir éclata de rire. D'ailleurs, il riait toujours de ce que l'on disait autour de lui. Mme Lenoir se leva, amusée. Sa taille dépassait à peine celle d'Annie, et ses mains et ses pieds étaient bien les plus délicats qu'elle eût jamais pu voir à une grande personne. Annie la trouva ravissante. Elle s'approcha d'elle et lui dit : « Vous êtes très gentille, madame, de nous avoir invités. Vous savez que la dernière tempête a déraciné le plus vieil arbre de notre jardin : il s'est abattu sur la maison et tout le toit a été démoli... »

M. Lenoir se mit encore à rire, puis il fit une petite plaisanterie dont les enfants feignirent de s'amuser, par politesse.

« Eh bien, j'espère que vous ne vous ennuierez pas ici, dit-il. Pierre et Mariette vous emmèneront visiter la vieille ville, et, si vous me promettez d'être prudents sur la route, vous pourrez aller au cinéma, de l'autre côté du marais.

— Merci, monsieur », répondirent les enfants avec ensemble.

M. Lenoir se tourna vers François et, croyant s'adresser au fils de son ami, M. Dorsel :

« Ton père est un homme remarquable, déclara-t-il. J'espère qu'il pourra venir vous chercher à la fin des vacances et que nous aurons l'occasion de bavarder un peu. Nous poursuivons chacun de notre côté des recherches comparables, mais je n'en suis pas au même point que lui...

— Vraiment ? » se contenta de dire François poliment.

A ce moment, s'éleva une voix douce, celle de Mme Lenoir.

« Simon vous servira vos repas dans la salle d'études des enfants, annonça-t-elle à ses jeunes hôtes. Ainsi, vous serez tranquilles et vous ne risquerez pas de déranger mon mari. Il déteste parler quand il est à table, et ce serait pour vous tous une terrible pénitence que de garder le silence pendant les repas ! »

M. Lenoir eut un petit rire. Puis son regard bleu détailla chacun des enfants avant de se fixer sur son fils.

« A propos, Pierre, dit-il avec brusquerie, n'oublie pas que je t'ai interdit d'explorer les catacombes qui passent sous la maison. Tu n'as pas davantage la permission d'escalader les rochers ni de faire des acrobaties sur le chemin de ronde. A plus forte raison maintenant que tu n'es plus seul : je ne veux pas qu'il arrive un accident à tes amis. Compris ? Me donnes-tu ta parole de ne pas désobéir ?

— Mais, papa, je n'ai pas l'habitude d'escalader les rochers ni de danser sur les remparts ! protesta Noiraud.

— Et moi, je sais que, lorsqu'il s'agit de bêtises, tu n'es jamais en retard. D'ailleurs, tu n'es bon qu'à faire le clown ! » conclut M. Lenoir d'un ton sec. Le bout de son nez était devenu tout pâle et Annie s'en fit la remarque, ignorant que c'était le signe avant-coureur des terribles colères de M. Lenoir.

« Oh ! papa, si l'on peut dire ! s'exclama Noiraud, indigné. A l'école, ce trimestre-ci, j'étais quand même le premier de ma classe ! »

Les enfants suivaient la scène avec intérêt, soupçonnant fort que leur ami s'efforçait de tenter une diversion afin de ne pas donner la promesse réclamée.

« C'est vrai : Pierre nous a rapporté un excellent carnet, renchérit Mme Lenoir, et il ne...

— Assez de discours ! » coupa violemment M. Lenoir, tandis qu'amabilité et sourires disparaissaient sur son visage redevenu de marbre. « Et vous, les enfants, sortez d'ici. Tout de suite ! »

François, Mick, Claude et Annie se hâtèrent d'obéir, décontenancés et effrayés par la tournure que venaient de prendre les choses. Mariette et Noiraud les suivirent avec plus de calme. Quand la porte se fut refermée derrière eux, les quatre amis s'aperçurent que Pierre Lenoir arborait un large sourire.

« Je n'ai rien promis, s'exclama-t-il, rayonnant. Papa comptait nous défendre ce qui est amusant. A quoi veut-il que l'on s'occupe ici, sinon à explorer la colline ? Vous verrez tout ce que je vais vous montrer.

— Qu'est-ce donc que des "chatacombes" ? questionna Annie, intriguée par ce qu'avait dit M. Lenoir.

— Catacombes, pas "chatacombes", corrigea Noiraud. Ce sont des souterrains et des passages secrets qui sillonnent le rocher. Un vrai dédale, que personne n'a jamais exploré complètement. Rien n'est plus aisé que d'y perdre son chemin et nombreux sont les gens qui en ont fait l'expérience...

— Mais enfin, dit Claude, pourquoi y a-t-il ici tant de portes à secret, de galeries et d'escaliers dérobés, bref, tant de choses mystérieuses ?

— C'est très simple, voyons, expliqua François. Puisque le Rocher Maudit était jadis un véritable repaire de brigands, il fallait bien que ceux-ci puissent non seulement y dissimuler leur butin, mais aussi s'y cacher, au besoin.

— Nous reparlerons de tout cela un peu plus tard, dit Noiraud. Venez avec moi, je vais vous montrer vos chambres. Vous verrez quelle belle vue l'on découvre de vos fenêtres ! »

Il entraîna ses amis au premier étage et les fit pénétrer dans deux pièces s'ouvrant sur un même couloir. Plutôt exiguës, elles étaient néanmoins fort coquettes et meublées avec goût. Leurs larges baies dominaient l'enchevêtrement pittoresque des toits et des tourelles de la vieille ville. Les enfants remarquèrent que, de cet observatoire, l'on distinguait fort bien la maison de M. Vadec, le contrebandier.

Chaque chambre contenait deux lits jumeaux. L'une était destinée à Claude et à Annie, l'autre aux deux garçons, car Mme Lenoir, moins distraite que son mari, savait fort bien que ses invités ne comptaient pas trois garçons et une seule fille !

« Comme ces pièces sont jolies ! fit Annie. J'aime beaucoup ces boiseries qui revêtent les murs. Dis-moi, Noiraud, y a-t-il ici un passage secret ?

— Chut, ne parlons pas de cela pour l'instant, répondit le jeune garçon avec un sourire. Tenez, regardez : vos affaires sont déjà déballées et rangées dans l'armoire. Renée a dû passer par là. Elle est très gentille, vous savez et avec cela, fort gaie, toute ronde et gracieuse, toujours de bonne humeur... Exactement l'inverse de Simon ! »

Comme Noiraud semblait ne plus songer le moins du monde à Dagobert, Claude décida d'aborder elle-même ce sujet délicat :

« Qu'allons-nous faire de Dago ? demanda-t-elle. Pourvu qu'il ne soit pas trop malheureux... J'aimerais mieux retourner immédiatement à Kernach plutôt que de le voir souffrir !

— Ne t'inquiète pas, dit Noiraud. Je compte le laisser aller et venir à sa guise dans le passage qui mène à ma chambre, et il nous sera facile de lui apporter régulièrement à manger. Enfin, nous le ferons sortir tous les matins par une galerie qui débouche à flanc de colline, au bas de la ville. Il pourra se dégourdir les pattes autant qu'il voudra. Comme nous allons nous amuser avec lui ! »

Claude ne semblait pas entièrement convaincue.

« Il faudrait aussi qu'il puisse dormir dans ma chambre, reprit-elle. Sinon, il va hurler toute la nuit.

— Nous nous arrangerons, assura Noiraud, sans toutefois préciser davantage. Mais tu sais que nous devrons être joliment prudents : il ne s'agit pas de tout gâcher. Tu ne connais pas papa !

— Je commence à l'imaginer ! s'exclama Claude, mi-amusée, mi-inquiète. Peut-être serait-il capable de nous couper la tête ou bien de nous transformer en chair à pâté ! Et maintenant, les amis, en route : allons voir ce que devient Dago ! »

CHAPITRE VII

Le souterrain

Les enfants étaient enchantés à la pensée de prendre leurs repas tranquillement, à l'écart des grandes personnes. Claude et ses cousins ne désiraient guère approcher M. Lenoir ; et ils n'étaient pas très loin de plaindre Mariette et Noiraud dont le père semblait si bizarre.

Les nouveaux venus eurent tôt fait de s'acclimater à leur nouvelle demeure. Dagobert lui-même semblait s'accommoder de sa situation insolite, se bornant à manifester parfois quelque étonnement. Le seul moment critique de la journée était celui où, le soir venu, on le conduisait dans la chambre des filles. Il fallait alors risquer le tout pour le tout, et ceci, dans l'obscurité complète, car Simon avait l'habitude singulière de survenir à pas feutrés, au moment où l'on s'y attendait le moins. Claude tremblait qu'il ne découvrît la présence de l'infortuné Dago !

Celui-ci menait en vérité une existence peu commune. Quand les enfants étaient à la maison, il lui fallait en effet demeurer dans le passage qui lui était réservé. Il le parcourait inlassablement, à la fois surpris et inquiet de s'y voir relégué, et guettait avec impatience le coup de sifflet lui annonçant la visite de ses amis ou bien l'heure de sa promenade quotidienne.

On le nourrissait comme un prince, car, tous les soirs, Noiraud dévalisait le garde-manger à son intention. Aussi la cuisinière s'étonnait-elle de voir restes et os de gigot disparaître comme par enchantement. C'était à n'y rien comprendre. Dagobert, lui, ne se posait aucune question et dévorait du meilleur appétit ce que lui apportaient ses amis.

Il faisait chaque matin une longue promenade en leur compagnie. Mais quelle surprise il avait eue le premier jour !

« Je me demande ce que nous allons devenir avec Dago, se lamentait Claude. Jamais nous ne réussirons à lui faire traverser toute la maison pour l'amener jusqu'à la porte d'entrée sans que personne le voie. Nous risquons de tomber sur M. Lenoir !

— Voyons, Claude, ne t'ai-je pas dit que je connaissais un souterrain pour sortir d'ici sans encombre ? rappela Noiraud. Et quand nous serons sur la colline, peu importe si nous rencontrons quelqu'un. Qui saura que Dago est à nous ? Les gens penseront qu'il s'agit d'un chien perdu qui nous a suivis.

— Dans ces conditions, décida Claude avec impatience, nous n'avons plus qu'à nous mettre en route. Vite, montre-nous le chemin. »

Les enfants se trouvaient à ce moment dans la chambre de Noiraud. Dago dormait, couché sur la descente de lit.

« Il faut d'abord passer chez Mariette, déclara Noiraud. Et je vous garantis que vous allez faire un bond en voyant le passage qu'il faut emprunter ! »

Il ouvrit la porte, jeta un coup d'œil au-dehors, et, se tournant vers sa sœur :

« Va te promener un peu du côté de l'escalier, et, si quelqu'un arrive, préviens-nous. S'il n'y a pas de danger, nous nous précipiterons chez toi avec Dago. »

Mariette s'élança dans le couloir, ouvrit la porte de chêne, attendit quelques instants, puis fit signe à ses amis : la voie était libre !

En un clin d'œil, les enfants passèrent dans la chambre de Mariette, où celle-ci se hâta de venir les rejoindre. C'était une curieuse fille, douce et craintive comme une musaraigne. Annie, qui l'aimait beaucoup, avait essayé de la taquiner sur sa timidité.

Mais Mariette n'aimait guère qu'on la plaisante. Tout de suite, ses yeux s'étaient remplis de larmes.

« Cela ira mieux quand on la mettra en pension, elle aussi, avait alors expliqué Noiraud. Comment ne serait-elle pas un peu sauvage, enfermée toute l'année dans cette maison sinistre ? Et elle ne voit pour ainsi dire jamais personne de son âge. »

Dès que tout le monde fut entré dans la chambre, Noiraud ferma la porte à clef.

« Simple précaution pour le cas où notre ami Simon viendrait faire un tour par ici », dit-il en souriant.

Puis il se mit à déplacer tout ce qui se trouvait au centre de la pièce, table, chaises, coussins et fauteuils. Ses compagnons le regardaient, stupéfaits.

« Tu déménages ? questionna Mick, goguenard.

— Parfaitement, répondit le garçon, sans s'émouvoir. Il faut que je roule le tapis. Dessous, il y a une trappe... »

Le tapis enlevé, il y avait encore une thibaude de feutre épais que l'on retira aussi. Alors, les enfants virent un large panneau découpé dans le parquet, avec un anneau pour le soulever.

« Un autre passage secret ! Cette maison en est donc pleine », se dirent Claude et ses cousins, enthousiasmés, tandis que Noiraud tirait le panneau vers lui. La trappe s'ouvrit sans effort. Les enfants se penchèrent sur le trou béant, mais leur regard ne rencontra que des ténèbres.

« On n'y voit goutte, déclara François, retenant Annie, de peur qu'elle ne perde l'équilibre. Y a-t-il des marches pour descendre là-dedans ?

— Non », fit Noiraud et, tirant de sa poche une lampe électrique, il l'alluma, la plongea dans l'ouverture : « Regardez ! »

Ses compagnons faillirent pousser un cri. A leurs pieds s'ouvrait un abîme sinistre.

« Mais il n'y a pas de fond ! constata François avec stupeur. C'est un véritable puits. A quoi cela servait-il donc ?

— Sans doute à cacher des gens, ou bien à s'en débarrasser, tout simplement ! répondit Noiraud. C'était un endroit rêvé, tu ne trouves pas ? En jetant quelqu'un là-dedans, on était bien sûr qu'il se romprait le cou !

— Comment diable allons-nous descendre Dago,

sans parler de nous-mêmes ? Je n'ai aucune envie de m'y risquer ! » s'écria Claude.

Pierre Lenoir se mit à rire.

« Tu vas voir », dit-il. Il ouvrit un placard et, sur la plus haute étagère, prit une sorte de paquet qu'il jeta sur le plancher. C'était une longue échelle de corde, mince, mais solide.

« Voilà le moyen de descendre, annonça-t-il.

— Nous, sans doute, fit Claude. Mais Dago ? »

Noiraud parut surpris :

« Comment, il ne sait donc pas se servir d'une échelle ? C'est un chien si extraordinaire... J'étais persuadé qu'il pourrait descendre et remonter sans la moindre difficulté.

— Il n'en est pas question, répliqua Claude fermement. D'ailleurs, c'est une idée ridicule.

— J'ai trouvé ! » s'écria soudain Mariette. Voyant que tout le monde la regardait, elle devint rouge comme une pivoine, mais poursuivit bravement : « Il faut aller chercher la malle d'osier où l'on met le linge à laver. Nous y installerons Dago, et puis nous la laisserons glisser jusqu'au fond du puits avec des cordes. Pour le remonter, nous ferons de même. »

Les autres enfants avaient écouté la fillette, ébahis.

« Bravo, Mariette ! C'est une idée de génie, approuva François avec chaleur. De cette manière, Dago ne courra aucun risque. Seulement nous aurons besoin d'un fameux panier !

— Celui dont parle Mariette conviendra, déclara Noiraud. Il est à la cuisine, je vais le chercher !

— Attention ! Quelle excuse donneras-tu pour l'emporter ? » s'écria François.

Mais Pierre Lenoir ne répondit pas. Il avait déjà ouvert la porte et s'élançait dans le corridor ! Prudemment, François referma le battant derrière lui et tourna la clef dans la serrure. Il ne s'agissait pas de se laisser surprendre par quelque intrus, alors que le tapis était relevé et la trappe béante.

Cinq minutes plus tard, Noiraud était de retour, portant un énorme panier d'osier en équilibre sur sa tête. Il donna un grand coup de pied dans la porte, que François rouvrit aussitôt.

« Voilà qui fera l'affaire, approuva Mick en examinant le panier. Mais comment as-tu réussi à t'emparer de cela sans que personne s'en aperçoive ?

— Comme il n'y avait pas un chat dans la cuisine, je n'ai rien demandé. Ainsi, ni vu ni connu ! Simon était dans le bureau de papa, la cuisinière au marché. Si quelqu'un s'étonne de la disparition du panier, je pourrai toujours le rapporter. »

Le garçon se dirigea vers la trappe et fixa son échelle de corde au bord du trou. Elle se déroula en ondulant comme un serpent et on l'entendit heurter le fond du puits. Puis on appela Dago qui s'approcha de Claude, remua la queue. La fillette lui mit ses bras autour du cou.

« Mon pauvre Dago, dit-elle, tu ne dois guère t'amuser, enfermé dans ton corridor. Mais tu vas voir ce que nous allons faire de beau ce matin !

— Je vais descendre le premier, annonça Noiraud. Et puis ce sera le tour de Dago. Je vais passer autour de son panier cette grosse corde que voilà. Elle est assez longue pour descendre jusqu'au fond du puits. Nous attacherons l'extrémité au pied du lit de Mariette et comme cela, nous n'aurons pas le souci de la remonter quand nous voudrons ramener Dago ici. »

On installa le chien dans la malle. Comme il s'étonnait de cette étrange manœuvre et commençait à gémir, Claude lui prit le museau dans sa main.

« Chut, Dago, sois sage, dit-elle. Tu ne dois pas comprendre grand-chose à tout ceci, mais sois tranquille, tu feras une belle promenade en récompense ! »

Ce mot « promenade » suffit à remettre du baume au cœur du malheureux Dagobert. Et il se résigna à son sort de la meilleure grâce du monde, rêvant d'une longue randonnée en plein air, au grand soleil !

« Dago est vraiment un amour, déclara Mariette. Vite, Noiraud, descends, pour que nous puissions commencer à laisser glisser le panier. »

Le garçon disparut par la trappe, tenant sa lampe électrique entre les dents. La descente parut interminable. Enfin, il prit pied au bas de l'échelle et, levant la tête, cria à ses amis, d'une voix qui semblait se dissoudre dans l'espace : « Paré ! Allez-y ! »

Là-haut, dans la chambre, les enfants poussèrent l'énorme panier d'osier jusqu'au bord du trou. Qu'il était lourd ! Et puis, le voyage de Dago commença. La malle s'abaissait lentement. Elle heurtait par instants les parois du puits et Dago se mettait alors à gronder. Cette aventure lui était décidément fort désagréable !

Cependant, François et Mick laissaient filer la corde le plus doucement possible. Quand le panier se posa au fond du puits, Noiraud se hâta de soulever le couvercle et Dago se précipita hors de sa prison en aboyant de toutes ses forces ! Heureusement, la distance assourdissait si bien sa voix que, dans la chambre, ses amis l'entendirent à peine.

« Et maintenant, à votre tour ! » cria Noiraud, faisant de grands signaux à ses camarades avec sa lampe. « François, as-tu refermé la porte à clef ?

— Oui. Attention, Noiraud : Annie va descendre. Surveille-la ! »

Celle-ci empoigna l'échelle et s'engagea dans le puits, non sans une vive appréhension. Mais à mesure que ses pieds s'habituaient à trouver les barreaux, elle prit plus d'assurance et acheva rapidement la descente.

Lorsque ses compagnons l'eurent rejointe, ils examinèrent l'endroit où ils se trouvaient : les parois verdâtres ruisselaient d'humidité. Dans l'air flottait une curieuse odeur de champignon moisi. Noiraud promena autour de lui le faisceau de sa lampe, et ses amis découvrirent alors l'entrée de plusieurs galeries partant dans différentes directions...

« Sais-tu où mènent tous ces souterrains ? demanda François, étonné.

— Ma foi non : ils appartiennent à ces fameuses catacombes dont parlait mon père. Ils s'étendent, paraît-il, sur des kilomètres et des kilomètres. Mais personne ne se risque plus à les parcourir à présent : trop de gens s'y sont perdus et ne sont plus jamais revenus. Il existait autrefois un plan de tout cela, mais il a disparu... »

Annie frissonna.

« C'est sinistre, murmura-t-elle. Je ne voudrais pas rester seule ici pour rien au monde !

— Quelle merveilleuse cachette où entreposer du butin et des marchandises de contrebande ! dit Mick.

— Les corsaires et les trafiquants de jadis connaissaient certainement les moindres détours de ces souterrains, reprit Noiraud. Et à présent, les amis, en route. Nous allons prendre la galerie qui se termine à flanc de colline. Il faudra ensuite faire un peu d'escalade. J'espère que cela vous est égal ?

— Parfaitement, assura François. Nous avons tous l'habitude... Mais dis-moi, Noiraud, es-tu bien sûr du chemin ? Nous ne tenons pas du tout à finir nos jours sous cette colline !

— Tu penses si je connais le chemin ! En avant ! » s'écria Pierre Lenoir.

Et, brandissant sa lampe électrique, il s'engagea hardiment dans l'une des galeries.

CHAPITRE VIII

Promenade

Le souterrain s'enfonçait par une longue pente dans les profondeurs du Rocher Maudit. L'atmosphère était lourde, par instants traversée d'odeurs indéfinissables. Souvent, la galerie dans laquelle cheminaient les enfants débouchait au fond d'un puits semblable à celui par lequel ils étaient descendus. Sans s'y arrêter, Pierre Lenoir braquait alors sa lampe électrique en l'air pour attirer l'attention de ses amis.

La colonne allait justement traverser l'un de ces puits, lorsque Noiraud dit :

« Celui-ci mène chez M. Vadec. La plupart des maisons de la ville communiquent ainsi avec les souterrains, comme la nôtre. Et je vous assure qu'il n'est pas toujours facile de découvrir la trappe d'accès !

— Regardez, s'écria soudain Annie, on aperçoit de la lumière là-bas, devant ! Ah ! que je suis contente ! J'avais une peur affreuse de ne plus pouvoir sortir d'ici ! »

Elle disait vrai : c'était bien un peu de jour qui filtrait par une ouverture donnant à flanc de colline. Quand les enfants l'atteignirent, ils se penchèrent au bord du trou afin de regarder au-dehors.

Ils se trouvaient à présent au-dessus des remparts de la ville, à mi-chemin des éboulis de rochers qui dévalaient à pic sur le marais. Noiraud mit sa lampe électrique dans sa poche, puis sortit le premier du souterrain et se hissa sur une corniche.

« Il nous faut d'abord gagner ce sentier que vous voyez un peu plus bas, dit-il en tendant le bras. Il rejoint les fortifications à un endroit où le mur n'est pas trop difficile à escalader. C'est là que nous passerons. J'espère que Dago saute bien ? S'il perdait pied, il risquerait de rouler jusque dans le marais ! »

Ainsi que le disait Noiraud, l'entreprise n'était pas sans danger, et Claude eut un instant d'inquiétude. Mais elle se rassura vite : Dago avait le pied très sûr, et elle était certaine qu'il se tirerait parfaitement de l'épreuve. D'ailleurs, le sentier que désignait Noiraud semblait assez praticable, bien que rocailleux.

Guidée par Noiraud, la petite colonne se mit en route et l'on ne tarda pas à atteindre le pied des remparts. La muraille n'était pas très haute. Dago s'élança et, leste comme un chat, sauta sur la crête.

« Eh bien ! s'exclama Mick en se tournant vers Claude, ce n'est pas étonnant qu'à la pension Clair-bois, il ait la réputation d'un animal si extraordinaire ! Ne nous disais-tu pas l'autre jour que, le mois dernier, il avait trouvé, le moyen de grimper sur le toit de l'infirmerie ?

— Ce n'est pas un chien, mais un acrobate ! » fit François, et il continua, pour taquiner sa cousine : « Je parie que, si on le lui demandait, il irait jusqu'à

Noiraud l'attendait, dissimulé dans l'ombre. →

monter planter un drapeau au sommet de la Tour Eiffel ! Et...

— Vite, dépêchons-nous, coupa Noiraud. Il n'y a pas encore grand monde dans les rues, et personne ne nous verra escalader le mur. C'est le moment d'en profiter. »

Les enfants rejoignirent Dagobert en un clin d'œil. Puis ils se mirent en route gaiement avec l'intention de visiter cette partie de la ville où ils se trouvaient à présent.

Il faisait beau, la brume commençait à s'élever et le soleil brillait dans l'air déjà plus doux.

La ville était fort ancienne. Certaines maisons qui tombaient presque en ruine n'étaient pas pour autant abandonnées, car on voyait fumer leurs cheminées. Les boutiques surprirent les enfants, par l'aspect vieillot de leurs solives apparentes et de leurs auvents. Et ils s'étonnèrent devant leurs hautes devantures arrondies en forme de rotonde.

« Attention ! voici Simon qui vient de notre côté ! » jeta soudain Noiraud, tandis que ses camarades flânaient aux vitrines d'un magasin. Et vite, il ajouta à voix basse : « Surtout, ne vous occupez pas de Dago. S'il vient tourner autour de nous ou bien quêter une caresse, faites semblant de ne pas le connaître et écartez-le comme s'il s'agissait d'un chien errant... »

Absorbés dans la contemplation de la devanture, les enfants feignirent de ne pas voir Simon. Cependant, Dago, qui trottait devant eux, s'étonnant tout à coup de leur immobilité prolongée, se précipita vers Claude. Puis il sauta autour d'elle afin d'attirer son attention.

« Va-t'en ! s'écria Noiraud en le repoussant. Tu n'as pas bientôt fini de nous suivre ? Va, rentre chez ton maître et laisse-nous tranquilles ! »

Croyant qu'il s'agissait là d'un nouveau jeu, Dago se mit à aboyer et à tourbillonner autour de ses amis comme un fou.

Alors Noiraud, simulant la colère :

« Va-t'en donc, sale bête ! » s'écria-t-il.

Mais Simon se dirigea vers les enfants. Son visage était, ainsi qu'à l'habitude, parfaitement inexpressif.

« Si ce chien vous ennuie, dit-il, je vais le chasser à coups de pierres...

— De quoi vous mêlez-vous ? lança Claude, indignée. Passez votre chemin ! Cela m'est fort égal que ce chien nous suive : il a l'air d'une brave bête !

— Tais-toi, idiote, grommela Noiraud. Simon est sourd comme un pot, et c'est peine perdue que de lui tenir des discours. »

A cet instant, Claude vit avec horreur que Simon se baissait pour ramasser une grosse pierre, manifestement destinée à Dagobert. Elle se jeta sur lui sans hésiter, et, l'attaquant par suprise, l'obligea à lâcher le projectile.

« Comment osez-vous maltraiter les bêtes ? s'écria Claude, hors d'elle. Vous êtes un monstre !

— Allons, allons, dit soudain une voix, que se passe-t-il donc ? Pierre, de quoi s'agit-il ? »

Les enfants se retournèrent interloqués, et virent un personnage qui s'était approché sans qu'on l'entendît. Maigre, de haute taille, il portait les cheveux assez longs, à l'artiste. Il avait un grand nez, le menton allongé, des yeux étroits qui s'étiraient comme un fil d'acier gris-bleu sous leurs paupières bridées. Ses jambes grêles paraissaient interminables et ses pieds d'une longueur démesurée.

« Quel homme étrange, songeait Annie, détaillant l'inconnu. Il ressemble à un échassier ! »

« Oh ! monsieur Vadec ! Je ne vous avais pas vu, fit Noiraud poliment. Il ne se passe rien de grave, rassurez-vous. Seulement, ce chien que voici s'obstinait à nous suivre, Simon voulait le chasser à coups de pierres. Et, comme notre amie Claude adore les animaux, elle s'est mise en colère.

— Je comprends... Mais dis-moi, Pierre, qui sont

ces enfants ? demanda M. Vadec, promenant un regard glacial sur le petit groupe.

— Ce sont des camarades qui passent leurs vacances avec moi parce que la dernière tempête a causé de gros dégâts chez leur oncle..., ou plutôt... chez le père de Claude, à Kernach.

— A Kernach ? Tiens, tiens... » Et M. Vadec prit soudain un air fort intéressé. « N'est-ce pas là que demeure ce savant qui est l'ami de M. Lenoir ?

— Parfaitement, monsieur, répondit Claude, devançant la réplique de Noiraud. Il s'agit de mon père... Vous le connaissez donc ?

— C'est-à-dire que j'ai entendu parler de lui ainsi que de ses travaux, expliqua M. Vadec. Je crois qu'il est très lié avec M. Lenoir, n'est-ce pas ?

— Ce n'est pas tout à fait cela », dit Claude déconcertée par le tour que prenait la conversation. « Je sais qu'ils correspondent, et que l'autre jour, mon père a téléphoné à M. Lenoir pour lui demander s'il lui serait possible de nous recevoir chez lui pendant que l'on réparait notre maison...

— Et naturellement, M. Lenoir a tout de suite répondu qu'il se ferait un plaisir de vous accueillir ? C'est un si brave homme, et d'une telle générosité ! »

Les enfants regardèrent leur interlocuteur avec surprise. Sa voix sèche aux intonations sarcastiques semblait en effet contredire étrangement les paroles aimables qu'il prononçait. Ce contraste insolite laissait au jeune auditoire une impression de malaise : il était bien évident qu'en réalité M. Vadec n'avait aucune sympathie pour M. Lenoir. Sans doute, Claude et ses cousins n'en éprouvaient-ils guère plus que lui à l'égard de leur hôte, mais cela ne les empêchait pas de détester cordialement M. Vadec !

Sur ces entrefaites, Dagobert aperçut un autre chien, et s'élança fougueusement à sa poursuite. Simon s'était déjà éloigné. Son panier à provisions à son bras, il allait disparaître au coin de la rue.

Nullement désireux de prolonger la conversation, les enfants s'empressèrent alors de prendre congé de M. Vadec.

« Eh bien, vrai ! s'écria François, dès que l'homme, fut à bonne distance, nous l'avons échappé belle avec Simon ! Quand je pense qu'il voulait lancer cette énorme pierre sur notre pauvre Dago... Heureusement que tu lui as sauté dessus, Claude ! Mais il s'en est fallu de peu que tu ne fasses découvrir le pot aux roses...

— Je m'en moque ! Je n'allais tout de même pas laisser ce sauvage casser une patte à Dago ! N'empêche que nous n'avons pas eu de chance de rencontrer Simon dès notre première sortie.

— Bah ! cela ne se reproduira peut-être jamais, dit Noiraud d'une voix rassurante. Et si, par hasard, l'aventure se renouvelait, nous n'aurions qu'à dire que ce chien nous escorte invariablement à chaque fois qu'il nous rencontre. D'ailleurs, n'est-ce pas la stricte vérité ? »

La promenade se poursuivit le plus agréablement du monde. Les enfants entrèrent dans une pâtisserie où ils mangèrent des brioches et des croissants chauds. Pour sa part, Dago en reçut deux, qu'il engloutit en un clin d'œil, tandis que Claude s'en allait lui acheter un peu de viande dans une boucherie voisine. Noiraud ayant affirmé que sa mère ne se servait jamais là, elle ne s'inquiétait pas, bien assurée qu'ainsi Mme Lenoir ne pourrait apprendre par le commerçant que les enfants avaient fait emplette de déchets pour nourrir un chien !

Quand vint l'heure du retour, l'on regagna le Pic du Corsaire par le même chemin qu'à l'aller. Quand les enfants débouchèrent du souterrain au fond du puits montant à la chambre de Mariette, l'échelle de corde les attendait. François et Mick montèrent les premiers, tandis que Claude et Annie réinstallaient dans son panier Dagobert, de plus en plus surpris. Dès que la corde eut été solidement nouée autour de la malle, les deux garçons la halèrent à pleins bras, de la chambre de Mariette. Dago poussa quelques gémissements d'inquiétude lorsque sa prison vint heurter les parois du puits. Mais le voyage se terminait déjà : haletants, Mick et François fournirent un dernier effort pour hisser le panier sur le plancher de la chambre.

Quand tous les amis furent enfin rassemblés, il restait encore dix minutes avant l'heure du déjeuner.

« Nous avons juste le temps de refermer la trappe, de remettre le tapis en place et de nous laver les mains, déclara Noiraud. De mon côté, je vais ramener Dago dans le passage secret qui aboutit à ma chambre. Claude, donne-moi le paquet de viande que tu lui as acheté. Je vais le lui laisser et ainsi, il pourra manger quand il voudra.

— As-tu pensé à lui mettre une écuelle d'eau fraîche ainsi qu'une bonne couverture pour se coucher ? questionna Claude avec inquiétude.

— Mais oui, voyons : cela fait au moins dix fois que tu me le demandes ! » Et Noiraud continua, s'adressant aux autres : « Ecoutez-moi : nous allons nous contenter de remettre en place les fauteuils et les chaises. Si quelqu'un s'étonne de ne pas voir les meubles disposés comme de coutume, nous dirons que nous avons besoin de beaucoup d'espace au centre de la pièce pour jouer à un nouveau jeu. Ce serait vraiment trop fastidieux de tout déménager chaque fois que nous voudrons faire sortir Dagobert... »

Quand les enfants pénétrèrent dans la salle à manger, à midi tapant, Simon s'y trouvait déjà, ainsi que Renée.

« J'espère que vous avez réussi à vous débarrasser de ce maudit chien », dit le domestique de sa voix monotone. En même temps, il jeta à Claude un coup d'œil chargé de rancune. Sans doute n'était-il pas près d'oublier l'hostilité qu'elle lui avait témoignée.

Noiraud répondit d'un signe de tête affirmatif, car la surdité de Simon rendait toute parole inutile.

Les enfants se mirent à table avec un bel appétit : les brioches et les croissants qu'ils avaient dévorés au cours de leur promenade n'étaient déjà plus qu'un lointain souvenir.

Heureusement, les menus étaient particulièrement soignés et la nourriture toujours abondante au Pic du Corsaire. Aussi, les jeunes convives firent-ils grand honneur à tout ce que l'on présenta, à l'exception cependant de Mariette qui, selon son habitude, n'avait pas beaucoup d'appétit.

Quant à Claude, elle s'ingéniait à user de mille stratagèmes pour mettre en réserve toutes sortes de bons morceaux à l'intention de Dagobert.

Plusieurs jours, s'écoulèrent, paisibles. Les enfants s'accommodaient joyeusement de leur nouvelle existence. Ils faisaient chaque matin une longue promenade en compagnie de Dagobert, et c'était le plus aisément du monde que s'effectuaient les allées et venues dans le puits donnant accès aux galeries souterraines.

L'après-midi se passait habituellement à jouer ou bien à lire dans la chambre de Noiraud. Dagobert passait alors tout ce temps en compagnie de ses amis, car ceux-ci savaient pouvoir compter sur le signal avertisseur installé par leur camarade.

Le soir venu, c'était toujours une grande affaire que d'amener Dago chez Claude et Annie sans encombre. On profitait le plus souvent du moment où M. et Mme Lenoir prenaient leur repas dans la salle à manger. (Les enfants dînaient séparément une heure plus tôt.) Simon et Renée étant alors retenus par le service, toutes les chances de succès se trouvaient ainsi réunies.

L'aventure semblait toujours enchanter Dago. Et il s'en allait par les escaliers et les corridors, courant sans bruit, sur les talons de Claude, s'arrêtant comme elle, avant les passages les plus dangereux, pour se précipiter ventre à terre dans la chambre des filles dès que l'occasion était favorable. Puis il se réfugiait sous le lit, et y attendait tranquillement que Claude soit couchée. Alors, il ne faisait qu'un bond pour monter se blottir sur l'édredon.

Claude n'omettait jamais de fermer sa porte à clef, car il ne fallait pas que Renée ou Mme Lenoir, entrant à l'improviste, puisse découvrir la présence de Dagobert ! Cependant, il n'y eut jamais la moindre alerte, et, à mesure que les jours s'écoulaient, Claude sentait s'évanouir ses inquiétudes.

Le retour de Dago dans la chambre de Noiraud n'allait pourtant pas sans certaines difficultés. Il convenait en effet de l'effectuer de très bonne heure, avant que personne ne soit encore levé dans la maison. Heureusement, Claude était de ces gens qui peuvent se réveiller sans effort à l'heure de leur choix. Aussi était-elle debout dès six heures tous les matins. Et elle se glissait à pas de loup jusqu'à la porte de Noiraud. Celui-ci, déjà réveillé par l'avertisseur qu'avait déclenché le passage de Claude dans le corridor, sautait à bas de son lit pour accueillir Dago.

« J'espère que vous vous amusez bien », disait M. Lenoir, à chaque fois qu'il rencontrait ses jeunes hôtes dans le vestibule ou dans l'escalier.

« Oh ! oui, monsieur », répondaient-ils invariablement.

CHAPITRE IX

Un mystère

Une nuit, François fut réveillé en sursaut par le grincement de sa porte. Quelqu'un venait d'entrer dans sa chambre ! Le garçon se dressa d'un bond.

« Qui va là ? demanda-t-il.

— C'est moi, Noiraud, répondit son ami à voix basse. Vite, lève-toi et viens avec moi : je voudrais te montrer quelque chose. »

François réveilla son frère et tous deux se hâtèrent d'enfiler leur robe de chambre. Puis ils suivirent Noiraud qui les emmena à l'autre extrémité de la maison dans une petite pièce poussiéreuse qui servait de débarras. On avait entreposé là toutes sortes d'objets hétéroclites, malles et valises, jouets brisés, cartons de vieux vêtements, vases ébréchés ou fendus qui attendaient quelque réparation improbable, ainsi qu'une foule d'épaves également inutilisables.

« Regardez », dit Noiraud, entraînant ses amis vers la fenêtre.

On avait de cet endroit une vue parfaite sur la vieille tour qui flanquait la maison, car la chambrette constituait à ellc seule une aile minuscule qui formait un angle avec le reste des bâtiments.

Des signaux partaient de la tour. Une lumière s'allumait, puis s'eteignait. Il y avait quelquefois une interruption prolongée, puis le clignotement des éclats lumineux recommençait, sur un rythme régulier.

« Vous voyez ?... Qui peut bien faire cela ? murmura Noiraud.

— Ne serait-ce pas ton père ? suggéra François.

— Cela m'étonnerait : je l'ai entendu ronfler dans sa chambre tout à l'heure. Mais il faut en avoir le cœur net : allons voir s'il est bien chez lui.

— Attention : il ne s'agit pas de nous faire prendre », objecta François, à qui la perspective de rôder ainsi dans la maison ne disait rien qui vaille.

Les trois garçons se dirigèrent vers la chambre de M. Lenoir. Ce dernier s'y trouvait sans aucun doute, car le bruit régulier d'un ronflement parvenait aux enfants à travers la porte fermée.

« Moi, je me demande si ce ne serait pas Simon qui fait des signaux dans la tour, dit alors Mick. Il a l'air d'un homme tellement bizarre... Il ne m'inspire aucune confiance, et plus j'y réfléchis, plus je suis persuadé qu'il s'agit de lui !

— Si nous montions jeter un coup d'œil dans sa chambre ? proposa Noiraud. Si elle est vide, nous serons fixés. Mais dans ce cas-là, je suis certain que papa ignore tout de cette affaire de signaux.

— Il se pourrait aussi que Simon agisse sur son ordre », objecta François, qui au fond de lui-même ne se fiait guère plus à M. Lenoir qu'à Simon.

Les enfants prirent l'escalier de service pour gagner

l'étage réservé aux domestiques. Renée partageait sa mansarde avec Henriette, la fille de cuisine, mais Simon, de même que la cuisinière, avait une pièce pour lui seul.

Noiraud poussa doucement la porte et, quand elle se fut entrebâillée suffisamment pour lui permettre de passer la tête par l'ouverture, il regarda à l'intérieur de la chambre. Elle était éclairée par la lune dont la lumière tombait en plein sur le lit, placé à côté de la fenêtre. Et Simon était là ! Noiraud distinguait nettement la forme massive de son corps soulevant le drap et la tache sombre de sa tête sur l'oreiller. Le garçon prêta l'oreille, mais ne put entendre l'homme respirer. Il devait être profondément endormi.

Se retirant avec précaution, Noiraud referma la porte sans bruit. Puis, toujours en silence, il poussa ses deux compagnons vers l'escalier.

« Etait-il là ? demanda François dans un souffle.

— Oui, répondit Noiraud. Ce n'est donc pas lui qui envoie les signaux... Enfin, qui cela peut-il bien être ? Il ne peut s'agir de maman. D'une servante, pas davantage. Alors ? Je trouve cette affaire très inquiétante : n'y aurait-il pas dans la maison un inconnu qui y serait caché et y vivrait à notre insu ?

— Quelle idée, c'est impossible ! protesta François, sentant un frisson lui passer dans le dos. Ecoute, Noiraud, veux-tu que nous montions dans la tour ? Nous pourrions regarder par le trou de la serrure ou par une fente de la porte et surprendre la personne qui se trouve là-haut. Ainsi, nous saurions à quoi nous en tenir. Mais il faudrait avertir ton père.

— Non, pas encore. Il faut en savoir davantage avant d'alerter qui que ce soit, répondit Noiraud fermement. Allons à la tour. Il s'agit d'être prudents : on monte là-haut par un vieil escalier en colimaçon si étroit qu'il n'y aura pas le moindre recoin où nous dissimuler si quelqu'un vient à descendre au moment où nous arriverons.

— Qu'y a-t-il dans cette tour ? » questionna Mick tandis que les trois garçons traversaient la maison silencieuse.

De minces lames de clair de lune découpaient par endroits l'obscurité, filtrant à travers les interstices des doubles rideaux tirés devant les fenêtres.

« Oh ! pas grand-chose : une table, quelques chaises et des étagères à livres, répondit Noiraud. Nous nous y installons en été, les jours où la chaleur est intense. Là-haut, il y a toujours beaucoup de brise et, les fenêtres ouvertes, on y est très bien, Enfin, la vue est magnifique. »

Ils venaient d'arriver sur une sorte de petit palier d'où partait l'escalier de pierre en spirale, qui montait au sommet de la tour. Les enfants firent une pause. Au-dessus d'eux, juste au tournant des marches, une ouverture en meurtrière projetait sur les dalles une longue bande de clair de lune.

« Il vaut mieux ne pas monter tous les trois, dit Noiraud. Nous aurions trop de mal à battre en retraite si cela devenait nécessaire. Je vais y aller. Attendez-moi ici. Peut-être réussirai-je à voir quelque chose par la fente de la porte ou par le trou de la serrure. »

Il s'engagea dans l'escalier sans bruit et, après avoir gravi quelques marches, disparut aux yeux de ses compagnons. Ceux-ci demeurèrent dans l'ombre du palier. Avisant un épais rideau qui masquait une fenêtre, ils se glissèrent derrière et s'enveloppèrent dans les plis du tissu afin de se protéger de l'humidité glacée qui montait du sol dallé.

Noiraud atteignait le haut des marches. La pièce circulaire qui occupait tout le sommet de la tour était fermée par une solide porte de chêne, bardée de ferrures et garnie de clous à têtes énormes. Il fallait renoncer à regarder par les fentes, car il n'y en avait pas une seule. Restait le trou de la serrure. Malheureusement, il était bouché par une sorte de tampon enfoncé de l'intérieur. Alors, Noiraud colla son oreille contre la porte pour écouter. Il entendit une série de petits bruits métalliques ressemblant à des déclics. Rien de plus.

« C'est l'interrupteur de la lampe qui sert aux signaux, songea Noiraud. Depuis le temps que cela dure, c'est insensé ! Je me demande à qui ces messages sont destinés et ce qu'ils signifient. Ah ! comme je voudrais connaître la personne qui les envoie ! »

Tout à coup, le bruit s'interrompit. Des pas résonnèrent sur le sol dallé de la tour. Et presque aussitôt la porte s'ouvrit !

Noiraud n'avait pas le temps de descendre l'escalier. D'instinct, il se plaqua contre le mur, dans l'espoir de passer inaperçu. Par bonheur, la pierre était légèrement en retrait à cet endroit et formait une sorte de niche. Au même instant, un nuage passa devant la lune et Noiraud, brusquement plongé dans l'ombre, commençait à se rassurer lorsque quelqu'un s'engagea dans l'escalier et lui effleura le bras.

Celui-ci réprima un sursaut et attendit, le cœur battant, convaincu qu'on allait l'arracher à sa cachette. Mais le mystérieux personnage continua à descendre les marches d'un pas égal comme si de rien n'était.

Noiraud n'osa pas le suivre de peur que la lune, soudain demasquée, ne projette son ombre devant lui, ce qui l'eût immanquablement trahi. Et il resta immobile, espérant que ses amis avaient pu se dissimuler quelque part et que surtout ils n'allaient pas imaginer que c'était lui, Noiraud, qui descendait en ce moment l'escalier.

En entendant des pas sur les marches, Mick et François crurent en effet qu'il s'agissait de leur compagnon. Cependant, surpris de ne pas entendre sa voix, ils se tinrent prudemment derrière leur rideau, soupçonnant que l'individu qu'ils cherchaient à identifier allait sans doute passer devant eux !

« Nous devrions le suivre, souffla François à l'oreille de son frère. Viens, et surtout, pas de bruit ! »

Mais le garçon, empêtré dans les lourds rideaux, ne put se dégager assez rapidement pour accompagner Mick, déjà lancé sur les traces de l'inconnu. La lune brillait à présent et, à chaque fois que l'homme traversait une bande de lumière, Mick le voyait parfaitement. S'efforçant de toujours demeurer lui-même dans l'ombre, l'enfant le suivait sans bruit, de plus en plus intrigué. Où donc s'en allait-il ainsi ?

L'un derrière l'autre, l'homme et le garçon s'engagèrent bientôt dans un long couloir. Et Mick reconnut avec étonnement qu'il s'agissait de celui menant aux chambres des domestiques ! Etait-ce possible ? Que signifiait tout ceci ?

Mais sa surprise atteignit son comble quand il vit l'inconnu disparaître dans la chambre de Simon. La porte était restée légèrement entrebâillée. Mick s'approcha sans bruit : aucune lumière ne s'était allumée dans la pièce. On n'entendait pas un mot. Soudain, quelque chose grinça, du côté du lit, semblait-il.

Poussé par un irrésistible élan de curiosité, Mick jeta un coup d'œil à l'intérieur de la chambre. Allait-il voir l'inconnu éveiller Simon ou bien encore s'échapper en passant par la fenêtre ?

Son regard fit le tour de la mansarde. Il n'y avait personne. Personne que Simon, profondément endormi. Le clair de lune projetait sa clarté dans les moindres recoins, et Mick put s'assurer qu'il n'était pas le jouet d'une illusion : l'homme avait disparu. Soudain, Simon poussa un profond soupir et se retourna dans son lit.

« Ça, par exemple ! se dit Mick, abasourdi. Voilà bien la chose la plus extraordinaire que j'aie jamais vue : quelqu'un pénètre dans une pièce et disparaît en un clin d'œil, sans faire le moindre bruit, ni laisser la moindre trace ! Qu'est-ce que cela veut dire ? »

Il se hâta de revenir sur ses pas afin de raconter à ses compagnons cette étrange aventure. Cependant, Noiraud ayant de son côté rejoint François, tous deux étaient partis à la recherche de Mick. Rencontrant celui-ci au moment où ils s'y attendaient le moins, ils vinrent se jeter contre lui dans l'obscurité. Les trois enfants sursautèrent violemment et François faillit jeter un cri d'effroi.

« Comme tu m'as fait peur, Mick ! murmura-t-il. Alors, as-tu réussi à voir de qui il s'agissait ? »

Mick relata les détails de la poursuite.

« L'inconnu est entré dans la chambre de Simon. où il s'est littéralement volatisé, dit-il en terminant. Sais-tu s'il existe un autre passage secret aboutissant à cette pièce-là, Noiraud ?

— Il n'y en a pas, affirma Pierre Lenoir. Cette partie de la maison est de construction relativement récente et ne comporte rien de mystérieux. Aussi, ne puis-je comprendre ce qu'est devenu notre homme. Qui est-il, à quoi riment ces signaux qu'il envoie de la tour, et où se cache-t-il ? C'est vraiment une histoire à dormir debout !

— Il faut à tout prix que nous la tirions au clair, décida François. C'est une énigme, si extraordinaire... Mais, j'y songe, Noiraud, comment as-tu découvert que l'on faisait des signaux ?

— Je m'en suis aperçu il y a déjà quelque temps par le plus grand des hasards. Une nuit, comme je ne parvenais pas à m'endormir, je suis monté dans la petite chambre de débarras pour y chercher un vieux livre d'aventures que j'y avais remarqué. Et c'est alors que, regardant machinalement par la fenêtre, j'ai vu une lumière s'éteindre, puis se rallumer brusquement sur la tour.

— Bizarre, murmura Mick.

— Depuis, continua Noiraud, je suis retourné là-haut, à plusieurs reprises, pour observer les signaux. Mais il n'y avait jamais rien d'anormal, jusqu'à une certaine nuit où les choses se sont reproduites telles que la première fois. Il faisait un clair de lune magnifique, et je me suis rappelé tout à coup que c'était également le cas lorsque j'avais découvert l'existence des signaux... Cela m'a frappé et je me suis dit qu'à la prochaine nuit de pleine lune, je reviendrais voir ce qui se passerait. Comme je m'y attendais, une lumière clignotait au sommet de la tour !

— De quel côté regarde la fenêtre d'où on lance des signaux ? questionna François, pensif. Vers la mer ou vers la terre ? »

Noiraud n'hésita pas une seconde :

« Elle donne sur la mer, répondit-il. Il y a quelque part au large quelqu'un qui reçoit les signaux. Mais Dieu sait qui !

— Sans doute des contrebandiers, conclut Mick. Ne te tourmente pas, Noiraud : cela n'a évidemment rien à voir avec ton père... Dites donc, si nous retournions à la tour ? Nous y découvririons peut-être un indice. »

Ils revinrent sur leurs pas et grimpèrent l'escalier en colimaçon. La lourde porte de chêne ouverte, ils se trouvèrent dans l'obscurité complète, car la lune s'était cachée. Mais au bout de quelques instants, elle sortit des nuages, et les enfants s'approchèrent de la fenêtre donnant sur le large.

Il n'y avait pas la moindre traînée de brume, et l'on pouvait voir l'étendue des marécages s'étaler au loin, monotone, jusqu'à la mer. Les enfants contemplèrent le spectacle en silence. Soudain, la lune disparut à nouveau et l'ombre couvrit le marais. Quelques secondes s'écoulèrent. Tout à coup François saisit le bras de ses amis avec une brusquerie qui les fit tressaillir.

« Je vois quelque chose, murmura-t-il. Tenez, là-bas, un peu à gauche... Qu'est-ce que cela peut bien être ? »

Tous les regards scrutèrent l'obscurité. L'on apercevait une petite ligne de points lumineux, mais si loin qu'il eût été impossible de dire s'ils se déplaçaient ou s'ils restaient immobiles. Puis, la lune reparut, inondant le paysage de sa lumière argentée, et les enfants ne virent plus que le miroitement de sa clarté sur l'étendue marécageuse.

Patiemment, ils attendirent que l'astre soit de nouveau masqué par les nuages, et à l'instant même où tout s'engloutissait dans l'obscurité revenue, le pointillé des lumières lointaines se détacha de nouveau des ténèbres...

« On dirait qu'elles se sont rapprochées depuis tout à l'heure ! s'exclama Noiraud. Ce sont sûrement des contrebandiers ! Ils doivent se trouver sur l'un de ces sentiers secrets qui mènent au Rocher Maudit à travers le marais... »

CHAPITRE X

Dagobert fait des siennes

Le lendemain matin, les filles écoutèrent avec stupéfaction le récit de ce qui s'était passé la nuit précédente.

« Ça alors ! s'exclama Annie, ouvrant les yeux ronds, qui donc pouvait bien lancer des signaux de la tour ? Qu'est-il ensuite devenu ? Quand je pense qu'il est entré dans la chambre de Simon alors que celui-ci dormait dans son lit !

— C'est ahurissant, fit Claude. Mais enfin, les garçons, pourquoi n'êtes-vous pas venus nous réveiller, Mariette, Annie et moi ?

— Si tu t'imagines que nous en avons eu le temps, répliqua Mick. Et puis, il aurait fallu que nous emmenions Dago, ce qui était impossible : il aurait été capable de sauter à la gorge de notre homme !

— Les signaux s'adressaient sûrement aux contrebandiers, déclara François. Pour moi, ceux-ci venaient de débarquer d'un navire qui les avait amenés d'Angleterre... ou d'Espagne... Comment le savoir ? Les embarcations ont dû approcher le plus possible du marais. Puis, les hommes ont attendu le signal lancé de la tour, et, sûrs que la voie était libre, ils se sont alors engagés sur l'un de ces chemins secrets dont parlait Noiraud. Chacun d'eux portait vraisemblablement une lampe ou une lanterne afin de ne pas s'écarter du sentier traversant le marais. Quelqu'un devait les attendre pour recevoir les marchandises... sans doute au pied de la colline.

— Je ne vois pas de qui il pourrait s'agir, dit Mick. En tout cas, pas de M. Vadec puisque les signaux ne partaient pas de sa maison, mais de la nôtre !

— Il va falloir que nous trouvions la clef de ce mystère, décida Claude. Que ce soit à l'insu de ton père ou non, Noiraud, il se passe ici des choses étranges... A nous de monter la garde et de tout mettre en œuvre pour résoudre l'énigme ! »

Cette conversation se déroulait pendant le petit déjeuner, dans l'ancienne salle d'études, où les enfants prenaient leurs repas. Quand Simon entra dans la pièce pour voir s'ils avaient terminé, Annie ne s'aperçut pas de sa présence.

« Sait-on à quel genre de contrebande se livre M. Vadec ? » demanda-t-elle à Noiraud.

Au même instant, quelqu'un lui assena sur la cheville un coup de pied bien senti, et elle s'arrêta net, le souffle coupé par la douleur. Stupéfaite, elle regarda son voisin et commença : « Qu'est-ce qui... » Mais un second coup de pied plus violent encore l'interrompit. Soudain, elle vit Simon.

« C'est ridicule, protesta-t-elle. Puisqu'il est sourd, comment pourrait-il comprendre ce que nous disons ? »

Le domestique s'était mis à débarrasser la table, son visage impénétrable, comme à l'habitude. Noiraud lança à Annie un regard furibond. Elle semblait indignée, pourtant elle se tut. Mais, dès que Simon eut quitté la pièce, elle protesta avec énergie :

« Brute ! Tu m'as fait terriblement mal ! Et puis, d'abord, je pouvais bien dire ce que je voulais : Simon est sourd comme un pot.

— A ce qu'il prétend... répliqua Noiraud, tandis qu'Annie se frictionnait ostensiblement la cheville. Peut-être est-ce vrai, je n'en sais rien... En tout cas, je suis bien sûr d'avoir vu un drôle d'air sur son visage quand tu m'as demandé à quel genre de contrebande se livrait M. Vadec : cela ressemblait à de la surprise... On aurait vraiment dit qu'il t'avait entendue.

— Tu as rêvé ! fit Annie, maussade. Mais, quoi qu'il en soit, tâche de ne plus me donner de coup de pied. Il suffisait de me pousser un peu le coude ou le genou : j'aurais compris. Remarque bien que, si tu tiens absolument à ce que je me taise devant Simon, je resterai bouche cousue... Mais pour moi, il n'y a aucun doute : on tirerait à côté de lui un coup de canon qu'il n'entendrait rien !

— C'est vrai, Noiraud, renchérit Mick. Rappelle-toi, l'autre jour, quand j'ai laissé tomber cette assiette, juste derrière lui... Cela a pourtant fait un beau vacarme : eh bien, il n'a pas bronché.

— Peu importe ! Sourd ou non, je me méfie de lui comme de la peste. J'ai toujours l'impression qu'il suit ce qu'on dit. Peut-être sait-il lire sur les lèvres..., c'est ce que font souvent les personnes sourdes. »

Les enfants s'en allèrent chercher Dago pour la promenade quotidienne. Le chien était maintenant tout à fait habitué à l'étrange façon dont procédaient chaque matin ses jeunes maîtres pour l'emmener avec eux. Et point n'était besoin de l'encourager ; dès qu'il voyait Claude ouvrir la malle d'osier, il sautait dedans et s'y couchait tranquillement !

Ce jour-là, les promeneurs firent encore la rencontre de Simon. Ce dernier considéra Dago avec un intérêt marqué : il le reconnaissait certainement.

« Attention, voici notre ami Simon, avertit François à voix basse. Cette fois, n'essayons pas de repousser Dago. Nous dirons que c'est un chien errant qui a pris l'habitude de nous suivre tous les matins. »

Les enfants laissèrent donc Dago aller et venir autour d'eux à sa guise, et lorsqu'ils furent sur le point de croiser le domestique, ils se contentèrent de lui adresser un signe de tête, sans faire mine de vouloir s'arrêter. Mais l'homme les héla :

« On dirait que cet animal vous connaît, dit-il de sa voix monocorde.

— Mais oui : il nous accompagne tous les matins, expliqua François poliment. Il se figure vraiment que nous sommes ses maîtres. C'est une jolie bête, n'est-ce pas ? »

Simon regarda durement Dagobert qui aussitôt se mit à gronder.

« En tout cas, tâchez de ne pas l'amener à la maison, fit le domestique. M. Lenoir le ferait abattre immédiatement. »

François vit le visage de Claude s'empourprer sous l'effet de la colère. Aussi se hâta-t-il de poursuivre en ces termes :

« Quelle idée ! Pourquoi voudriez-vous que nous ramenions cet animal à la maison ? Allons, ne dites donc pas de bêtises ! »

Simon parut ne pas entendre. Il jeta à Dago un regard mauvais, passa son chemin, non sans se retourner plusieurs fois pour observer le petit groupe.

« Le monstre ! s'écria Claude indignée. Comment peut-on dire des choses pareilles ! »

Lorsque les enfants eurent regagné la chambre de Mariette et rendu la liberté à Dago, Claude déclara : « Pendant que vous fermez la trappe et remettez tout en ordre, je vais reconduire Dago dans le passage secret. Je lui laisserai des gâteaux secs pour le consoler. J'en ai acheté ce matin, de ceux qu'il préfère : très gros et bien croustillants. »

Elle se dirigea vers la porte, suivie de Dago, mais à l'instant où elle avançait la main pour tourner la clef, le chien poussa un léger grognement.

Claude s'arrêta net et se retourna vers lui, stupéfaite. Elle le vit qui regardait fixement la porte, arcbouté sur ses pattes, le cou tendu, tandis que le poil se hérissait lentement sur son échine. D'un signe, elle lui intima l'ordre de se taire, puis, revenant vers ses compagnons, elle leur dit dans un souffle :

« Il y a quelqu'un derrière la porte : Dago le sent... Mettez-vous à parler très fort, comme si vous étiez en train de jouer. Moi, je me dépêche de cacher Dago dans le placard où nous rangeons notre échelle de corde. »

Les autres engagèrent immédiatement une conversation des plus animées, tandis que Claude entraînait rapidement son chien vers l'asile qu'elle lui destinait. Elle le caressa et lui dit quelques mots pour lui faire comprendre qu'il devait être sage, puis elle l'enferma à clef.

« A moi de donner », s'écria François, d'une voix claironnante. Et, prenant un jeu de cartes dans un tiroir, il continua : « C'est toi qui viens de gagner, Mick, mais je te parie que cette fois, tu seras battu ! »

Prestement, il distribua les cartes. Ses compagnons bavardaient et riaient à grand bruit, disant tout ce qui leur passait par la tête. Puis l'on engagea la partie. Et les exclamations de se croiser :

« A toi, Mick !

— Pique !

— Roi !

— Je coupe !

— Et moi, je surcoupe ! » Personne n'aurait pu imaginer que ce joyeux brouhaha n'était qu'une feinte. Cependant, Claude, qui tenait les yeux rivés sur la porte, vit la poignée tourner avec lenteur. On essayait d'ouvrir, le plus discrètement du monde, et sans doute espérait-on ainsi faire irruption dans la chambre à l'improviste... Mais par bonheur, les enfants avaient donné un tour de clef !

Bientôt, la personne se trouvant de l'autre côté dut comprendre que la porte était fermée, car la poignée revint doucement à son point de départ. Là, elle ne bougea plus. Le bruit empêchait de distinguer aucun son dans le couloir. Et Claude se demandait comment savoir si l'indiscret était encore là...

Soudain, elle pensa à Dago : il n'aurait pas un instant d'hésitation, lui. Alors, Claude, faisant signe à ses amis de continuer leur tapage, s'empressa de sortir Dago du placard. Il s'élança aussitôt vers la porte, flaira le bas du panneau, puis se retourna vers sa maîtresse en remuant la queue.

« Tout va bien, dit alors Claude à ses compagnons. Il n'y a plus personne à présent : le flair de Dago est infaillible. Puisque la voie est libre, il faut en profiter pour ramener mon chien chez toi, Noiraud. A ton avis, qui donc pouvait bien nous espionner ?

— Simon », répondit Noiraud sans la moindre hésitation.

Il ouvrit la porte, passa la tête avec précaution. Puis, ne voyant personne, il s'avança jusqu'au bout du corridor et il fit signe à Claude qu'il n'y avait plus de danger. Quelques instants plus tard, Dagobert avait réintégré son refuge habituel, où il grignotait avec délices les gâteaux offerts par sa maîtresse.

« Il est temps d'aller déjeuner, déclara Mick, en quittant la chambre. Et surtout, Annie, ne t'avise pas de lâcher de parole imprudente en présence de Simon.

— Pour qui me prends-tu ? riposta sa sœur, vexée. D'abord, ce matin, je ne savais pas qu'il était possible de lire sur les lèvres de quelqu'un. Il faut croire que Simon est vraiment bien habile... »

Peu de temps après, les enfants se mettaient à table. Simon leur servit des petits pâtés chauds, puis il sortit. Les jeunes convives restèrent seuls, car Renée avait pris un jour de liberté. Soudain ils sursautèrent, au comble de la stupeur et de l'effroi : Dagobert aboyait !

« C'est inimaginable, que se passe-t-il ? s'exclama François. Dago n'est pas loin : sans doute, le passage secret longe-t-il la pièce où nous sommes... Comme cela paraît étrange de percevoir cette voix, assourdie et un peu déformée...

— N'empêche qu'il ne faut pas être sorcier pour reconnaître celle d'un chien, déclara Annie.

— Pas un mot devant Simon, ordonna Noiraud. Si Dago recommence, faisons semblant de ne pas entendre... Mais je me demande ce qui lui prend !

— Il aboie de cette manière-là quand il est content ou bien qu'il joue, expliqua Claude. Peut-être a-t-il découvert un rat ? Il adore pourchasser les lapins et les rats... Mon Dieu, le voici qui recommence. Qu'il attrape vite cette sale bête et qu'on ne l'entende plus ! »

Simon revenait au même instant, mais heureusement, Dago s'était tu. Soudain, sa voix retentit de nouveau, plus lointaine. François ne quittait pas le domestique des yeux. L'homme découpait le rôti : il n'eut pas une parole, mais son regard se promena sur les enfants, comme pour épier leur physionomie ou lire sur leurs lèvres les mots qu'ils prononceraient.

« Ces petits pâtés étaient vraiment délicieux, dit François d'un ton léger. Il faut bien avouer qu'il y a dans cette maison un fameux cordon-bleu !

— Et ces babas que nous avons mangés l'autre jour ! renchérit Annie. Je n'en avais encore jamais goûté de pareils. »

« Ouah, ouah », fit à ce moment la voix de Dago.

« A mon avis, Claude, c'est encore tante Cécile qui confectionne les meilleures tartes que je connaisse », se hâta d'observer Mick. Et il poursuivit, le cœur battant : « Je me demande ce que tes parents deviennent à Kernach et si l'on a pu commencer la réparation du toit... »

« Ouah ! » lança joyeusement Dagobert, qui semblait prendre un plaisir extrême à pourchasser son rat.

Simon acheva de servir les légumes accompagnant le rôti, puis il sortit sans mot dire. François s'empressa d'aller ouvrir la porte afin de s'assurer que le domestique s'était réellement éloigné.

« Ouf ! fit-il en revenant s'asseoir. Je souhaite de tout mon cœur que cet animal de Simon soit aussi sourd qu'il le prétend, mais il y a un instant, quand Dago a recommencé à aboyer, j'aurais bien juré qu'une lueur d'étonnement était passée dans ses yeux.

— Eh bien, à supposer qu'il soit capable d'entendre, il a dû être joliment surpris de notre indifférence. Nous avons continué notre conversation comme si de rien n'était ! »

Les autres éclatèrent de rire, et ils poursuivirent gaiement leur repas, tout en guettant le retour de Simon. Au bout d'un moment, un bruit de pas retentit dans le couloir et les enfants commencèrent à empiler leurs assiettes, sachant que Simon devait les emporter. La porte s'ouvrit, mais ce fut M. Lenoir qui fit son entrée ! Il s'avança, le sourire aux lèvres, selon son habitude, et dévisagea les enfants étonnés.

« Eh bien, l'appétit est excellent, à ce que je vois, et l'on est sage comme des images », dit-il, avec cette manière irritante qu'ont beaucoup de personnes de toujours s'adresser aux enfants comme à des bébés. « Simon ne vous laisse-t-il manquer de rien ?

— Tout va très bien, monsieur, je vous remercie, répondit François en se levant poliment. Nous nous amusons beaucoup et nous trouvons que vous avez une cuisinière excellente !

— Allons, tant mieux, tant mieux », fit M. Lenoir.

Après cet échange de paroles, les enfants attendirent avec impatience le départ de leur visiteur. Ils redoutaient tellement que Dago ne fasse encore des siennes. Mais M. Lenoir ne paraissait nullement pressé de s'en aller.

Et tout à coup, l'on entendit la voix de Dago !

CHAPITRE XI

Les inquiétudes de Claude

M. Lenoir pencha brusquement la tête de côté comme le fait un animal surpris par un bruit inattendu. Il prêta l'oreille, puis regarda les enfants. Mais ceux-ci semblaient n'avoir rien entendu. M. Lenoir écouta encore un instant sans mot dire. Enfin, avisant un carnet de croquis qui appartenait à François, il se mit à le feuilleter.

Les enfants avaient l'impression que ceci n'était de sa part qu'un prétexte pour rester dans la pièce un peu plus longtemps. Et François ne put s'empêcher de penser que M. Lenoir, averti Dieu sait comment de ce qui se passait, avait tenu à venir se renseigner par lui-même. Ainsi s'expliquait cette visite imprévue : c'était en effet la première fois que le père de Noiraud pénétrait dans la salle à manger des enfants.

Soudain, Dago se remit à aboyer, beaucoup plus loin cette fois. Le nez de M. Lenoir pâlit et Mariette jeta un coup d'œil effrayé à son frère. Elle savait que c'était un signe de mauvais augure !

« Avez-vous entendu ? demanda M. Lenoir d'un ton confiant.

— Quoi donc, monsieur ? » dit poliment François.

De nouveau, retentit la voix de Dagobert.

« Tenez, s'exclama M. Lenoir. Cela recommence ! »

Mais au même instant, une mouette passa devant la fenêtre, portée par la brise de la mer.

« Vous voulez parler de cette mouette, monsieur ? Bien sûr que nous l'entendons ! s'écria Mick avec entrain. Il y en a des quantités par ici, et quand elles crient, on dirait des chats qui miaulent.

— Vraiment ? rétorqua M. Lenoir, rageur. Et sans doute vas-tu me raconter aussi que le cri des mouettes ressemble à l'aboiement d'un chien ! »

Mick eut un air surpris.

« Au fond, pourquoi pas ? reprit-il avec candeur. Après tout, vous avez raison : si elles miaulent comme des chats, il n'y a aucune raison pour qu'elles n'aboient pas aussi comme des chiens... »

La voix de Dago ponctua soudain ces mots avec une énergie joyeuse. M. Lenoir sursauta.

« Voulez-vous me dire ce que signifie ce bruit ? » demanda-t-il, en regardant les enfants fixement.

Ils penchèrent la tête à droite, puis à gauche, feignant d'écouter avec la plus vive attention. Enfin, Mick déclara :

« Je ne distingue rien, monsieur, rien du tout.

— Moi, j'entends le bruit du vent, dit Annie.

— Et moi, le cri des mouettes, ajouta François, mettant la main en cornet à son oreille.

— Il y a une porte qui bat, au rez-de-chaussée. Est-ce de cela que tu parles, papa ? » questionna Noiraud, l'air tourmenté.

M. Lenoir jeta à son fils un regard sévère.

« La fenêtre de la salle de bain n'est pas fermée. Je l'entends taper », s'écria Mariette, qui ne voulait pas être en reste bien qu'elle redoutât fort les violentes colères de son père.

« Je vous dis que c'est un chien, et vous le savez tous aussi bien que moi ! » Le nez de M. Lenoir était maintenant si blanc que l'on eût dit celui d'un clown. « Où est cet animal et à qui appartient-il ?

— Un chien, monsieur ? » commença François, le visage perplexe. Et il regarda autour de lui : « Je ne le vois vraiment nulle part. »

M. Lenoir se contenait à grand-peine : on devinait que c'eût été pour lui un vrai soulagement que de pouvoir gifler François.

« Ecoutez, vous dis-je ! reprit-il d'une voix sifflante. Et expliquez-moi quel animal peut bien aboyer ainsi, sinon un chien ! »

Les enfants durent obéir, car ils commençaient à s'épouvanter de la terrible colère qui s'emparait de M. Lenoir. Mais, par miracle, Dagobert s'était tu, soit qu'il eût renoncé à capturer son rat, soit qu'au contraire il fût occupé à le dévorer. De toute façon, il se tenait coi, et c'était là l'essentiel !

« Monsieur, je suis vraiment désolé, mais je vous assure que je n'entends rien du tout, dit enfin François, prenant un air offensé.

— Moi non plus », assura Mick. Et les autres de renchérir.

M. Lenoir savait que, cette fois, ils disaient la vérité, car lui-même ne percevait plus aucun bruit.

« Si jamais l'on met la main sur cet animal, reprit-il, détachant ses syllabes, je le fais empoisonner. Je ne veux pas de chien chez moi ! »

Sur ces mots, il fit demi-tour et quitta la pièce, au grand soulagement des enfants. Claude était en effet au comble de l'indignation, et, connaissant la violence des rages qui parfois s'emparaient d'elle, ses amis se disaient qu'il se serait sans doute déroulé une vraie bataille entre elle et M. Lenoir !

La porte refermée, Mariette posa doucement la main sur le bras de Claude pour l'empêcher de lancer quelque invective à l'adresse de M. Lenoir.

« Tais-toi, je t'en prie : tu vas vendre la mèche », murmura-t-elle.

Claude se mordit la lèvre. Le rouge de la colère se retirait peu à peu de son visage et elle devint d'une pâleur extrême. Soudain, elle tapa du pied.

« Empoisonner un chien ! Comment peut-on dire de pareilles horreurs ! s'écria-t-elle avec rage.

— Tais-toi donc ! Simon risque de revenir d'un instant à l'autre, rappela François. Nous allons tous faire semblant d'être stupéfaits de la visite de M. Lenoir et de ne rien comprendre à cette histoire de chien. Ainsi, même si notre homme lit sur nos lèvres, il ne pourra savoir la vérité. »

A peine François avait-il achevé ces mots que le domestique entrait, apportant le dessert. Son visage parfaitement inexpressif était bien le plus étrange que l'on pût imaginer, car jamais n'y passait le reflet d'une émotion ni d'un sentiment. Comme disait Annie, on aurait pu le prendre pour un masque de cire !

« C'est extraordinaire que M. Lenoir ait si bien cru entendre un chien aboyer ! » commença François bravement.

Ses compagnons saisirent la balle au bond, et la conversation s'engagea sur le ton le plus naturel et le plus convaincu. Ainsi la surprise de Simon serait complète, et, à supposer qu'il fût capable de suivre les paroles des enfants, peut-être en viendrait-il à se demander si lui-même et M. Lenoir ne s'étaient pas trompés !

Sitôt le déjeuner terminé, les amis se réfugièrent dans la chambre de Noiraud pour y tenir conseil.

« Et à présent, qu'allons-nous faire de Dago ? demanda Claude. M. Lenoir connaît-il le passage secret ? Il pourrait alors se mettre à la recherche de Dago et, dans ce cas-là, vous savez que je ne réponds de rien. Il risque de se faire dévorer !

— C'est certain », convint Noiraud. Il réfléchit quelques instants. « En réalité, j'ignore dans quelle mesure papa est renseigné sur les mystères de cette maison. Sans doute soupçonne-t-il l'existence de passages et d'escaliers dérobés, mais je serais fort étonné qu'il en ait découvert les issucs. Je ne les ai moi-même trouvées que par le plus grand des hasards.

— Eh bien, moi, je rentre à Kernach, annonça brusquement Claude. Jc ne veux pas que Dago risque de se faire empoisonner !

— Voyons, réfléchis, tu ne peux partir d'ici toute seule : cela paraîtrait bizarre. Si tu tiens à t'en aller, il faut que nous en fassions autant et nous devrons renoncer à éclaircir le mystère de la tour...

— Oh ! je vous en prie, ne nous laissez pas ici tout seuls, Mariette et moi, s'écria Noiraud, l'air désolé. Papa se mettrait dans un colère terrible ! »

Claude hésitait. Elle ne tenait certes pas à compliquer la situation de Noiraud et de Mariette, pour qui elle éprouvait une réelle affection. Mais, d'autre part, elle n'était nullement disposée à sacrifier Dagobert.

« J'ai envie de téléphoner à la maison, dit-elle. Je dirai à papa que je m'ennuie de maman et que je voudrais rentrer. C'est d'ailleurs vrai que maman me manque beaucoup... Rien ne vous empêchera de rester ici et de poursuivre les recherches... Vous comprenez bien qu'il me serait impossible de rester ici en sachant qu'on risque de pénétrer dans le passage et de jeter à Dago une boulette empoisonnée ! »

C'était là une éventualité à laquelle les autres n'avaient pas réfléchi... François soupira : Claude avait raison et l'on ne pouvait plus songer à la détourner de son projet.

« C'est bon, dit-il à sa cousine. Téléphone à Kernach, mais fais-le tout de suite : l'appareil est en bas, dans le vestibule, et à cette heure-ci, il n'y aura certainement personne. »

Claude se hâta de descendre au rez-de-chaussée. Tout était désert : elle demanda aussitôt la communication avec la villa des « Mouettes ».

L'attente se poursuivit un long moment. Puis Claude entendit la sonnerie à l'autre extrémité de la ligne. Et elle commença à préparer dans sa tête ce qu'elle devait dire à son père. Que répondrait-elle au sujet de la disparition de Dagobert ? Le mieux serait d'éluder la question si c'était possible... L'essentiel était de quitter le Pic du Corsaire sans délai !

Cependant, la sonnerie se répétait inlassablement. Aux « Mouettes », personne ne répondait. Que se passait-il donc ? Soudain la voix de la téléphoniste retentit dans l'appareil : « Je regrette, mademoiselle, mais le 27 à Kernach ne répond pas. »

Déçue, Claude raccrocha, Sans doute ses parents étaient-ils sortis... Il lui faudrait donc rappeler.

A trois reprises, elle renouvela sa tentative, sans plus de succès. Comme elle reposait le récepteur, découragée, Mme Lenoir survint.

« Tu voulais téléphoner chez toi ? dit-elle. Tes parents te laisseraient-ils sans nouvelles ?

— Ils ne m'ont pas encore écrit, répondit Claude. Cela fait trois fois que je demande leur numéro et il n'y a pas de réponse !

— Rassure-toi, mon petit, dit Mme Lenoir de sa voix douce, nous avons eu une lettre de ta mère ce matin, et elle nous dit qu'il est vraiment impossible d'habiter la maison pendant les travaux. Les ouvriers font un bruit infernal qui empêche ton père de travailler. Aussi tes parents ont-ils décidé de s'en aller environ une semaine. Naturellement, nous leur avons tout de suite écrit de venir vous rejoindre ici. Nous leur avons demandé de nous répondre par téléphone. Ils le feront sans doute demain.

— C'est donc cela ! » fit Claude, stupéfaite, et se demandant pour quelle raison ses parents ne lui avaient pas écrit à elle aussi.

« Ta mère me disait qu'elle venait de t'envoyer une lettre, reprit Mme Lenoir, semblant deviner le désarroi de la fillette. Sans doute celle-ci arrivera-t-elle au prochain courrier : ici, la poste est parfois capricieuse. Si tes parents peuvent venir au Pic du Corsaire, ce sera une joie pour nous de les recevoir. M. Lenoir a grande envie de faire la connaissance de ton père. Il a une telle admiration pour lui. »

Claude était si émue qu'elle ne put prononcer une parole et elle s'en fut rejoindre ses amis. Quand elle poussa la porte de Noiraud, les enfants comprirent sur-le-champ qu'elle apportait des nouvelles importantes.

« Il faut que je renonce à m'en aller, annonça-t-elle. Papa et maman n'ont pas pu supporter le bruit que faisaient les ouvriers et ils ont quitté la maison !

— Tu n'as pas de chance, dit Noiraud. Mais tout de même, je ne suis pas fâché que vous restiez ici, Dagobert et toi. Vous m'auriez manqué autant l'un que l'autre.

— Tes parents ont invité les miens à venir ici, poursuivit Claude. Tu avoueras que c'est le comble ! Que va-t-il se passer au sujet de Dago ? Je me le demande... On va sûrement me poser une foule de questions, et je ne peux tout de même pas répondre que j'ai laissé Dago en pension chez quelqu'un à Kernach ! Mon Dieu, que vais-je faire ?

— Ne t'inquiète pas, dit Noiraud. Je crois que j'ai une idée : si je demandais à l'un de mes voisins de recevoir Dago ?... Qu'en penses-tu ?

— Ce serait magnifique ! s'écria Claude, déjà rayonnante. Comment n'y avais-je pas songé ? Vite, Noiraud, allons le demander à quelqu'un. »

Mais il fut malheureusement impossible de tenter la moindre démarche ce jour-là, car Mme Lenoir demanda aux enfants de venir goûter avec elle.

« Bah ! cela n'a pas d'importance, se dit Claude. Ce soir, Dago sera en sûreté dans ma chambre, et demain nous aviserons ! »

C'était la première fois que Mme Lenoir invitait les enfants à passer l'après-midi avec elle.

« Mon mari s'est absenté pour le reste de la journée, expliqua-t-elle. Il avait une affaire importante à régler dans l'arrière-pays. Il est parti en voiture après le déjeuner... »

François se demanda un instant s'il n'y avait pas un lien entre le voyage de M. Lenoir et le trafic des contrebandiers... N'y avait-il pas des marchandises à transporter à l'intérieur du pays ? Qui sait ? peut-être était-ce là la raison véritable de l'absence de M. Lenoir !

Soudain, la sonnerie du téléphone fit sursauter tout le monde. Mme Lenoir se leva.

« Ce doit être ton père ou ta mère, dit-elle à Claude, J'espère qu'ils vont m'annoncer leur arrivée ! »

Elle gagna le vestibule. Les enfants attendirent anxieusement. M. et Mme Dorsel viendraient-il au Pic du Corsaire ?

CHAPITRE XII

Une surprise

Mme Lenoir revint au bout d'un instant. Et, regardant Claude, elle lui dit en souriant.

« C'était ton père. Il arrive ici demain, sans ta mère. Celle-ci va rester quelques jours chez sa sœur, qui les reçoit en ce moment. Mais ton père a préféré venir afin de s'entretenir de ses dernières expériences avec M. Lenoir. Je me réjouis à l'idée de faire sa connaissance. »

Les enfants eussent de beaucoup préféré la venue de tante Cécile à celle de l'oncle Henri. Celui-ci manifestait parfois une telle impatience à leur égard... Cependant, ils se rassurèrent vite, persuadés que leur oncle serait trop absorbé par ses conversations avec M. Lenoir pour se soucier beaucoup d'eux !

Quand vint l'heure de se coucher, Claude partit chercher Dago dans la chambre de Noiraud. Celui-ci devait faire le guet. Simon était invisible, M. Lenoir n'avait pas encore regagné le Pic du Corsaire, Renée allait et venait en fredonnant dans la cuisine, tandis qu'Henriette tricotait sous la lampe.

« Simon doit être sorti », se dit Noiraud. Et il s'en revint annoncer à Claude que la voie était libre. Mais au moment où il traversait le palier précédant le long corridor qui menait à sa chambre, il remarqua deux bosses noires qui soulevaient légèrement le bas des lourds rideaux de reps tirés devant une fenêtre. Surpris il considéra le phénomène quelques instants avant de comprendre de quoi il s'agissait. Soudain, son visage s'éclaira.

« Tiens, tiens, voici notre ami Simon qui joue les Sherlock Holmes, songea-t-il. Persuadé que nous avons un chien et qu'il est caché dans la chambre de Claude ou dans celle de François, il s'est posté sur notre chemin, pour mieux nous surveiller... Mais attends un peu, mon bonhomme : je vais te faire une surprise ! »

Et Noiraud courut prévenir ses amis de sa découverte. Claude en fut bouleversée. Cependant Pierre Lenoir avait déjà son plan.

« C'est nous qui allons surprendre Simon, dit-il, et je vous assure qu'il s'en souviendra ! Il faut d'abord que je déniche une corde, et puis, nous irons tous sur le palier. Je me mettrai brusquement à crier qu'il y a un voleur caché derrière les rideaux et je sauterai sur Simon. Pendant que je lui décocherai quelques bons coups de poing, François et Mick l'enrouleront dans les rideaux. D'une secousse, nous ferons dégringoler la tringle sur lui et nous n'aurons plus qu'à le ficeler comme un saucisson »

Les enfants éclatèrent de rire à l'idée du bon tour que l'on allait jouer à Simon. C'était un homme si déplaisant : la leçon lui ferait du bien.

« Pendant ce temps-là, déclara Claude, je me faufilerai dans le corridor. Mais pourvu que Dago ne veuille pas se mêler à la bagarre : il serait capable de donner à Simon un fameux coup de dents !

— Tu n'auras qu'à le tenir solidement par son collier, et puis tu le conduiras dans ta chambre tambour battant, conseilla Noiraud. Alors, les amis, sommes-nous prêts ?... En avant ! »

Les enfants se glissèrent sans bruit dans le corridor. En arrivant sur le palier où Simon était caché, ils virent les rideaux frémir légèrement : l'homme était aux aguets.

Claude et Dago s'étaient arrêtés en deçà de la porte fermant l'extrémité du couloir. Soudain Noiraud lança un appel strident, un vrai cri de Sioux propre à vous glacer le sang et qui fit sursauter Claude et Dago. A ce signal, se déclencha une indescriptible bagarre. Noiraud bondit sur Simon, et se mit à le bourrer de coups de poing en hurlant à tue-tête :

« Au secours ! Au secours, je tiens un voleur ! »

Simon tenta de se dégager et de repousser l'adversaire. Mais celui-ci profitait de son avantage pour lui assener une grêle de coups bien placés : le domestique s'étant trouvé à l'origine de maintes explications orageuses entre M. Lenoir et son fils, ce dernier prenait enfin sa revanche !

François et Mick accourant à la rescousse, les choses se précipitèrent : une secousse énergique fit s'abattre les rideaux sur la tête de l'infortuné Simon. La tringle suivit, et le domestique, étourdi par le choc, s'effondra sans que le malheureux ait eu le temps de comprendre ce qui lui arrivait. D'ailleurs, toute défense eût été inutile tant les trois garçons qui menaient le combat étaient déterminés à remporter la victoire. Annie elle-même, surexcitée à l'extrême, s'était mise de la partie. Quant à Mariette, qui n'avait pas osé l'imiter, elle se réjouissait du spectacle.

Profitant de la confusion, Claude, quitta son abri et s'élança avec Dago. Mais celui-ci ne pouvait se résigner à manquer une si belle occasion de s'amuser. Et il s'arc-bouta de toutes ses forces pour résister à Claude qui l'entraînait. Tirant le chien par son collier, la fillette s'entêta. Soudain, Dago aperçut un mollet dodu à souhait et qui s'agitait désespérément dans les plis du rideau. Il bondit.

Simon poussa un hurlement de douleur. Dagobert avait de bonnes dents et n'hésitait pas à pincer sérieusement la cheville ou le mollet d'un adversaire. Mais une claque énergique lui fit lâcher prise. Surpris et humilié, il suivit aussitôt sa maîtresse, la queue basse. C'était la première fois qu'elle le corrigeait. Fallait-il qu'elle fût en colère... Dès qu'il fut entré dans la chambre de Claude il se réfugia sous le lit. Là, il posa son museau sur ses pattes et tourna vers sa maîtresse des yeux suppliants.

« Oh ! Dago, je ne pouvais pas faire autrement », s'écria-t-elle. Et, s'agenouillant auprès de lui, elle le caressa. « Tu comprends, tu risquais de tout gâcher si l'on t'avait vu. C'est déjà bien assez que tu aies mordu Simon, et je ne sais pas comment nous pourrons expliquer cela. Couche-toi, va ! Il faut à présent que j'aille rejoindre les autres. »

La queue de Dago battit doucement sur le plancher. Claude courut retrouver ses amis. Ceux-ci continuaient à s'en donner à cœur joie aux dépens de Simon, qui hurlait et se débattait avec l'énergie du désespoir. On ne voyait plus rien de lui, entortillé et roulé tout entier dans les rideaux comme une chenille dans son cocon.

Tout à coup, M. Lenoir surgit au pied de l'escalier, suivi de Mme Lenoir, l'air apeuré.

« Que se passe-t-il ? s'écria-t-il d'une voix tonnante. Etes-vous devenus fous ? Comment osez-vous mener ce tapage à une heure pareille ?

— Il y avait un cambrioleur, papa, expliqua Noiraud, haletant. Mais nous avons réussi à nous emparer de lui. »

M. Lenoir monta les marches quatre à quatre. Stupéfait, il vit le paquet informe qui se contorsionnait sur le plancher, roulé bien serré dans les rideaux, que maintenait une grosse corde solidement nouée.

« Un cambrioleur ! s'exclama-t-il. Où cela ?

— Il s'était caché ici, derrière les rideaux du palier, monsieur, répondit François. Nous nous sommes jetés sur lui et nous l'avons terrassé. Il n'a pas eu le temps de se sauver... Pourriez-vous appeler la police ? »

A ce moment, s'éleva une voix lamentable, presque étouffée sous l'épaisseur des rideaux :

« Lâchez-moi. Le chien m'a mordu ! Lâchez-moi ! gémissait-elle.

— Grands dieux ! c'est Simon que vous avez mis dans cet état ! » s'écria M. Lenoir, au comble de la surprise et de la fureur. « Délivrez-le ! Tout de suite !

— Mais, papa, ce ne peut être lui : il était caché derrière les rideaux ! protesta Noiraud.

— Oui ou non, vas-tu m'obéir ? » dit M. Lenoir d'un ton sans réplique. Annie le regarda avec attention : le bout de son nez était tout blanc !

A regret, les garçons dénouèrent la corde. Simon écarta le rideau d'un geste rageur et son visage parut, rouge, congestionné par la colère et l'effroi !

« Je ne supporterai pas d'être traité de la sorte, hurla-t-il. Regardez ma jambe, monsieur. J'ai été mordu. Et par un chien, sûrement ! Tenez ! »

Des traces de dents apparaissaient sur son mollet, comme des meurtrissures violacées. Dago avait pincé très fort, mais sans entamer la peau.

« Vous savez bien qu'il n'y a pas de chien dans la maison, objecta Mme Lenoir, se hasardant enfin à monter l'escalier. Mon pauvre Simon, ce n'est certainement pas un chien qui vous a mordu...

— Et qui veux-tu que ce soit ? rétorqua violemment M. Lenoir. Un tigre sans doute ?

— C'est peut-être moi, dans le feu de l'action ! » s'écria Noiraud, à l'ébahissement de ses amis, fort amusés par cette suggestion extravagante. Mais leur camarade parlait avec le plus grand sérieux, et son visage tourmenté exprimait l'inquiétude.

« Quand je me mets en colère, continua-t-il, je ne sais plus ce que je fais... Papa, ne crois-tu pas que j'aurais pu mordre Simon sans m'en apercevoir ?

— Sottises ! fit M. Lenoir, quelque peu désorienté. N'essaie pas de te payer ma tête, mon garçon. Si tu te mets à mordre les gens, je te ferai donner le fouet pour te guérir de cette étrange manie... Allons, Simon, relevez-vous : vous n'êtes pas mort, que diable !

— Maintenant que j'y pense, il me semble que mes dents ne sont pas comme d'habitude », dit encore Noiraud, ouvrant puis refermant la bouche avec précaution pour s'assurer que sa mâchoire fonctionnait normalement. « Je vais aller les brosser, c'est plus sûr. J'ai encore le goût du mollet de Simon dans la bouche et c'est loin d'être agréable. »

Indigné par l'impudence de son fils, M. Lenoir tendit le bras pour attraper l'insolent. Mais celui-ci se baissa et s'enfuit dans le corridor.

« Je reviens tout de suite : le temps de me laver les dents », s'écria-t-il.

Les autres enfants ne gardaient leur sérieux qu'à grand-peine. L'idée de Noiraud était absurde, mais il n'en demeurait pas moins que M. et Mme Lenoir n'avaient pu deviner qui avait mordu Simon !

« Et maintenant, vous autres, allez vous coucher. ordonna M. Lenoir. J'espère que je ne serai pas obligé de me plaindre de vous à votre père... ou à votre oncle... Je ne sais jamais lesquels d'entre vous sont les enfants ou les neveux de M. Dorsel... Je suis extrêmement surpris de votre conduite. Comment peut-on se comporter ainsi dans la maison de ses hôtes ! Infliger un pareil traitement à mon domestique ! S'il me quitte, ce sera votre faute. »

Les enfants souhaitaient du fond du cœur que les choses prennent la tournure suggérée par M. Lenoir.

Quelle aubaine d'être débarrassés de ce maudit espion au visage sournois ! Il était sans nul doute sur la piste de Dago, et l'on ne connaîtrait aucun repos tant qu'il n'aurait pas réussi à se venger.

Le lendemain matin, cependant, Simon était à son poste. Il entra dans la salle à manger, portant avec précaution le plateau du petit déjeuner. Sa physionomie n'exprimait rien de plus qu'à l'habitude, mais, en passant près de Noiraud, l'homme lui lança un regard haineux.

« Prenez garde à vous, dit-il d'une voix fielleuse. L'un de ces jours, vous aurez une surprise. Et votre chien aussi ! Parce qu'il ne faut pas vous faire d'illusions : je *sais* que vous avez un chien. Ce n'est pas à moi que l'on raconte des histoires ! »

Personne ne broncha, mais les enfants se regardèrent. Puis Noiraud, l'air insouciant, se mit à tambouriner gaiement sur la table avec sa cuiller.

« Voilà de bien sinistres menaces, dit-il. En tout cas, mon cher Simon, prenez aussi garde à vous. Si vous vous laissez encore surprendre à nous espionner, vous vous retrouverez ficelé comme un saucisson avant d'avoir eu le temps de vous reconnaître. Et je n'hésiterai pas à vous donner un second coup de dents. On ne sait jamais ce qui peut arriver, croyez-moi : j'ai justement grande envie de mordre quelqu'un ce matin ! »

Il montra les dents à Simon qui, semblant n'avoir pas entendu un traître mot de ce qu'on venait de lui dire, sortit et referma la porte sans bruit.

Claude était inquiète. Elle redoutait Simon. La froideur pénétrante de son regard, l'expression étrange de son regard lui inspiraient une frayeur instinctive. Que n'eût-elle donné pour quitter bien vite le Pic du Corsaire en emmenant Dago !

Elle devait avoir ce matin-là une fâcheuse surprise. Comme elle s'apprêtait à rejoindre les garçons en compagnie de Mariette et d'Annie, Noiraud accourut.

« Claude, s'écria-t-il, devine ce qui se passe : on va installer ton père dans ma chambre ! Je dois partager celle de Mick et de François. Simon et Renée sont déjà en train de tout déménager chez moi. Pourvu que nous ayons le temps de faire sortir Dago du passage secret avant l'arrivée de ton père !

— Mon Dieu, gémit Claude, bouleversée. Je vais m'en occuper tout de suite ! »

Elle feignit de se diriger vers la chambre de Mariette, voisine de celle de Noiraud. Malheureusement, Simon y était encore occupé à faire le ménage, et il n'en bougea pas de toute la matinée. Claude ne cessait de se tourmenter : Dago allait sûrement s'impatienter et regretter sa promenade habituelle... De plus en plus inquiète, elle rôda inlassablement par les couloirs, croisant sans cesse Renée, qui allait et venait d'une chambre à l'autre.

Simon semblait fort intrigué par le manège de Claude. Il affectait de boiter pour bien montrer qu'il se ressentait encore de sa morsure. Enfin, Claude le vit sortir de la chambre de Noiraud. Elle s'élança, mais n'eut que le temps de se précipiter chez Mariette : déjà le domestique revenait. Quelques minutes plus tard, elle renouvela sa tentative : cette fois, l'absence de Simon fut encore plus brève et la fillette ne put s'esquiver.

« Que faites-vous ici ? demanda Simon rudement. Je n'ai pas passé toute la matinée à mettre cette pièce en état pour que vous reveniez tout bouleverser dès que j'ai le dos tourné ! Ouste, filez ! Et que je ne vous y reprenne pas ! »

Claude obéit, bien décidée à attendre que Simon ait tourné les talons : il n'allait pas tarder à descendre mettre la table pour le déjeuner. Enfin ! Elle le vit s'éloigner... Vite, elle se précipita à la porte de Noiraud. Mais, hélas ! la serrure était verrouillée et Simon avait emporté la clef !

CHAPITRE XIII

Pauvre Claude !

Cette fois Claude sentit le désespoir s'emparer d'elle. Il lui semblait vivre un cauchemar. Elle courut à la recherche de Noiraud et le découvrit dans la chambre de François. Il se lavait les mains avant de descendre se mettre à table.

« Noiraud ! s'écria-t-elle. Il va falloir que j'aille chercher Dago en passant par l'autre issue, tu sais, celle que nous avons utilisée le premier jour pour gagner ta chambre directement.

— Mais c'est impossible, dit-il, l'air consterné. Elle s'ouvre dans le bureau de papa, et, en ce, moment, il y travaille souvent. Il ne ferait qu'une bouchée de toi si tu t'avisais d'y mettre le pied. Pense donc qu'il y a rangé et classé tous les papiers qu'il a l'intention de montrer à ton père !

— Je m'en moque, il faut que je passe par là à tout prix. Je ne veux pas laisser Dago mourir de faim !

— Sois tranquille : il y a assez de rats pour qu'il ne soit pas près de jeûner. Et un chien comme Dago saura toujours se tirer d'affaire.

— Alors, c'est de soif qu'il mourra, reprit Claude, avec obstination. Tu sais bien qu'il n'y a pas d'eau dans ces galeries secrètes ! »

Claude était si angoissée que c'est à peine si elle put avaler une bouchée. Elle avait pris la décision de s'introduire dans le bureau coûte que coûte et d'essayer de retrouver le panneau mobile qui masquait l'entrée du passage. Ensuite, elle n'aurait plus qu'à se faufiler par l'ouverture. Peu lui importait le risque : elle était résolue à délivrer Dagobert.

« Je ne vais rien dire aux autres, décida-t-elle. Ils ne feraient que m'empêcher d'agir, ou bien ils s'offriraient à le faire à ma place. Je ne me fie qu'à moi-même dans cette affaire. Et puis Dago est mon chien, c'est moi qui le sauverai ! »

Après le déjeuner, les enfants se réunirent dans la chambre de François pour discuter de la situation. Au bout de quelques minutes, Claude s'éclipsa.

« Je reviens dans un instant », dit-elle.

Personne ne s'étonna et l'on continua à examiner les moyens de délivrer Dagobert. Il semblait bien en fin de compte que la seule manière fût de passer par le bureau, ainsi que l'avait suggéré Claude.

« Malheureusement, je crains fort que papa ne ferme toujours la porte à clef en sortant. »

Comme l'absence de Claude se prolongeait, Annie manifesta sa surprise :

« Où est donc Claude ? Il y a au moins vingt minutes qu'elle est partie...

— Elle a dû retourner voir si mon ancienne chambre ne serait pas ouverte à présent, déclara Noiraud. Je vais aller faire un tour par là. »

Noiraud visita la chambre de Mariette, puis revint

jeter un coup d'œil dans celle qu'Annie partageait avec sa cousine : les pièces étaient vides. Il explora ensuite escaliers et corridors, descendit au rez-de-chaussée, mais ce fut en vain : Claude était introuvable.

Noiraud rejoignit ses camarades, fort intrigué.

« Je n'ai pas vu Claude, dit-il. C'est extraordinaire. Où est-elle donc allée ? »

Ces paroles plongèrent Annie dans une vive inquiétude. Le Pic du Corsaire était une maison étrange, et il s'y passait des choses si bizarres... L'absence de Claude ne semblait pas naturelle.

« Ne serait-elle pas par hasard dans le bureau de M. Lenoir ? dit François tout à coup. Cela ressemblerait assez à notre Claude que d'aller se jeter dans la gueule du loup : elle n'a jamais peur de rien.

— Comment n'y ai-je pas pensé ! s'exclama Noiraud. C'est malin ! Attendez-moi ici : je vais voir ! »

Il descendit au rez-de-chaussée et s'approcha de la porte avec précaution. Puis il tendit l'oreille : on n'entendait pas le moindre bruit à l'intérieur de la pièce.

Noiraud hésita, se demandant que faire : jeter un simple coup d'œil dans le bureau ou frapper avant d'entrer ? Il se décida pour cette dernière solution : si son père répondait, il aurait le temps de se précipiter dans l'escalier et de remonter au premier étage avant que la porte ne s'ouvre, et M. Lenoir ne saurait à qui s'en prendre.

Toc, toc : Noiraud frappa deux coups décidés.

« Qui est-ce ? grommela aussitôt une voix irritée. On ne me laissera donc jamais tranquille. Entrez ! »

Mais Noiraud avait déjà pris la fuite. Il revint trouver ses camarades en courant.

« Claude ne peut pas être dans le bureau, déclara-t-il. Il y a papa, et il semble plutôt de mauvaise humeur.

— Alors, où est-elle, je me le demande ! s'écria François, sérieusement inquiet cette fois. Elle n'aurait pas dû disparaître ainsi sans nous prévenir... En tout cas, elle n'est sûrement pas très loin : jamais elle ne serait partie en laissant Dagobert. »

Les enfants explorèrent la maison de fond en comble. Ils descendirent même à la cuisine. Simon s'y trouvait, en train de lire son journal.

« Que voulez-vous ? demanda-t-il. Inutile de vous adresser à moi : vous n'aurez rien.

— Ce n'est pas à vous que nous demanderions quelque chose, soyez tranquille, riposta Noiraud. Au fait, comment va cette morsure ? »

Simon darda sur les enfants un regard si inquiétant qu'ils se hâtèrent de battre en retraite. Puis Noiraud, laissant ses compagnons faire le guet, monta visiter les chambres des domestiques. Il tenait à s'assurer que Claude ne s'y serait pas réfugiée par hasard. Hypothèse absurde, sans doute, mais l'on ne devait rien négliger. Et puis, tout de même, il fallait bien que Claude se trouve quelque part !

Ainsi qu'il le prévoyait, Noiraud revint bredouille. Désolés, les enfants regagnèrent la chambre de François.

« Ah ! cette maudite maison ! dit celui-ci. Je ne puis m'empêcher de la détester... Pardonne-moi, Noiraud, mais c'est plus fort que moi : l'atmosphère y est si étrange ! »

Pierre Lenoir ne s'offensa nullement des paroles de François.

« Je suis de ton avis, déclara-t-il. Elle m'a toujours donné la même impression qu'à toi. Et je sais que maman et Mariette pensent comme moi. Papa est le seul à se trouver bien ici : il aime le Pic du Corsaire.

— Mais enfin, où est Claude ? fit Annie, comme s'interrogeant elle-même. Pour moi, je suis sûre qu'elle n'est pas allée dans le bureau de M. Lenoir. Elle a beau avoir de l'audace, jamais elle ne se serait risquée à entrer alors que ton père travaillait dans la pièce. »

Mais Annie se trompait : à cet instant même Claude se trouvait justement dans le bureau de M. Lenoir !

Elle avait en effet résolu de s'y introduire pour essayer de découvrir le secret des panneaux mobiles. Mais quand elle voulut ouvrir la porte, celle-ci était fermée à clef.

« Flûte ! dit Claude entre ses dents. Décidément tout se ligue contre moi et contre Dago. Que faire ?... Il faut que j'entre, et j'y arriverai, coûte que coûte ! »

Finalement, elle sortit dans le jardin et se promena quelques instants sous les fenêtres du bureau. Peut-être pourrait-elle passer par là ? Hélas ! toutes les ouvertures du rez-de-chaussée étaient protégées par de solides barreaux. Alors, Claude songea que la clef du bureau était peut-être à la maison. Elle revenait bredouille quand elle entendit la voix de M. Lenoir.

Vite, la fillette courut vers un grand coffre qui se trouvait non loin de là, l'ouvrit, et grimpa dedans. Puis elle rabattit le couvercle et attendit, recroquevillée sur elle-même, le cœur battant.

Elle perçut bientôt le pas de M. Lenoir. Celui-ci

traversa le vestibule, se dirigeant vers son cabinet de travail.

« Je vais finir de classer les documents que je compte montrer demain à M. Dorsel, lança-t-il à sa femme, demeurée dans une pièce voisine. Surtout, que l'on ne me dérange pas ! »

Claude entendit une clef tourner dans la serrure. Puis la porte s'ouvrit et claqua aussitôt. Claude remarqua que l'on ne verrouillait pas de l'intérieur.

Elle se mit à réfléchir posément. Plus que jamais, elle était résolue à pénétrer dans la pièce interdite : c'était là que se trouvait la seule issue par laquelle il serait encore possible de délivrer Dago. Mais ensuite, que ferait-elle de celui-ci ? Noiraud réussirait-il à trouver dans le voisinage une personne qui consente à s'en charger ? Elle entendit M. Lenoir tousser puis remuer des papiers. Un placard s'ouvrit, se referma. Soudain, retentit une exclamation d'impatience et l'on put distinguer ces quelques mots :

« Allons bon ! Où ai-je bien pu mettte ce dossier ? »

Au même instant, M. Lenoir sortit en trombe, et Claude, qui soulevait légèrement le couvercle de sa cachette afin de respirer plus à l'aise, n'eut que le temps de le rabattre sur sa tête. Elle se blottit au fond du coffre, tremblante, tandis que M. Lenoir frôlait le meuble au passage.

Alors, Claude comprit quelle occasion inespérée s'offrait à elle : peut-être l'absence de M. Lenoir allait-elle lui laisser le temps d'ouvrir la trappe donnant accès au passage ! Elle bondit hors de son abri, se précipita dans le bureau et courut à l'endroit où elle avait vu Noiraud presser la boiserie.

Mais à peine avait-elle effleuré des doigts le panneau de chêne qu'elle entendit des pas. Déjà M. Lenoir revenait !

Prise de panique, Claude chercha des yeux un refuge. Apercevant un vaste fauteuil de cuir dans l'un des angles de la pièce, elle s'abrita derrière. Au même instant, M. Lenoir entrait. Il s'assit à son bureau, alluma sa lampe de travail et se pencha sur ses documents.

Claude osait à peine respirer. Elle sentait son cœur cogner à grands coups contre ses côtes, et il lui semblait entendre chacun de ses battements résonner à ses oreilles. Accroupie sur le sol, derrière le fauteuil, sa posture n'était guère confortable, mais elle n'eût pas voulu se hasarder à faire le moindre geste.

« Mon Dieu, que vais-je devenir ? se disait-elle. Je ne pourrai jamais rester ainsi pendant des heures ! Et puis, que vont penser les autres ? Ils doivent commencer à s'inquiéter et me chercher partout. »

Claude ne se trompait pas : à cet instant même, Noiraud rôdait devant la porte du bureau, se demandant s'il devait frapper ou bien entrer sans crier gare. Soudain, il se décida : toc, toc ! La fillette faillit crier de saisissement, tandis que M. Lenoir relevait la tête et poussait une exclamation d'impatience.

Il n'y eut pas de réponse. Personne n'entra.

Le silence se prolongeant, il se dirigea vers la porte à grands pas et l'ouvrit violemment. Il n'y avait personne !

« Je parie que c'est encore l'un de ces garnements, grommela M. Lenoir. Ils me feront damner... En tout cas, s'ils recommencent ce genre de plaisanterie, ils seront à l'eau et au pain sec pour deux jours avec défense de quitter leur chambre ! »

En entendant cette voix irritée, Claude se fit plus petite encore. Et elle songeait à ce qu'eût été la fureur de M. Lenoir s'il avait pu soupçonner sa présence. Ah ! que n'eût-elle donné pour être bien loin de cette maison maudite !

M. Lenoir se remit au travail. Un quart d'heure s'écoula, puis un autre. La pauvre Claude sentait ses membres s'engourdir. Soudain, M. Lenoir bâilla, et elle reprit courage. Peut-être allait-il s'assoupir ? Quelle chance ce serait ! Elle pourrait alors en profiter pour quitter sa cachette et chercher l'issue du passage.

M. Lenoir bâilla encore, puis il repoussa ses papiers et se leva. Il rangea divers objets sur sa table, et, prenant une revue, alla s'asseoir dans le fauteuil derrière lequel s'était cachée Claude.

Les ressorts du siège grincèrent. Claude retenait son souffle, tremblant que le bruit de sa respiration n'alerte M. Lenoir. Mais bientôt, un léger ronflement se fit entendre, suivi quelques instants plus tard d'un autre, plus sonore. M. Lenoir s'était endormi ! Prudente, Claude attendit que le rythme des ronflements fût devenu parfaitement régulier, puis elle bougea un peu, et, sans se relever, avec des précautions infinies, contourna le fauteuil. M. Lenoir dormait toujours.

Enfin, la fillette se redressa et sur la pointe des pieds, se dirigea vers l'issue secrète. Du bout des doigts, elle commença à peser sur les moulures de la boiserie, cherchant le ressort qui ferait coulisser le panneau.

Cependant, aucun déclic ne se produisit. Le temps passait. Claude poursuivit ses investigations, le visage enfiévré. Elle se détourna un instant pour jeter un regard inquiet vers M. Lenoir, puis elle revint à sa tâche. Comment se déclenchait donc l'invisible mécanisme de la trappe ? Réussirait-elle à en découvrir le secret ?

Tout à coup une voix sévère retentit derrière elle :

« Pourrais-je savoir ce que tu fais ici, garnement ? Comment as-tu osé pénétrer dans mon bureau ? »

Terrifiée, Claude fit demi-tour et se trouva nez à nez avec M. Lenoir, qui s'était avancé sans bruit. Elle ne sut que répondre, tant M. Lenoir semblait irrité.

Soudain, Claude bondit vers la porte, mais M. Lenoir fut plus prompt qu'elle, et, la saisissant par le bras, il la secoua sans ménagements.

« Ainsi, mon garçon, c'est toi qui te permets de me jouer des tours ! Ah ! ah ! on se croit très malin, n'est-ce pas ? On vient frapper à ma porte, et puis on se sauve comme un voleur ! Mais je vais t'apprendre à te moquer des gens, moi ! »

Il ouvrit la porte et, voyant Simon passer dans le couloir, lui fit signe d'entrer. Celui-ci parut, l'air indifférent comme à l'habitude. Rapidement, M. Lenoir griffonna quelques mots sur une feuille de papier, puis les lui donna à lire. L'autre inclina la tête en signe d'assentiment. Alors M. Lenoir se tourna vers Claude.

« J'ai ordonné à Simon de t'enfermer dans ta chambre. Tu y seras au pain et à l'eau pour le reste de la journée ! dit-il avec colère. Cela t'apprendra, j'espère, à te mieux conduire dans l'avenir. Mais, si tu recommences tes sottises, je te préviens que tu recevras une solide correction !

— Cela m'étonnerait que mon père soit très satisfait en apprenant la manière dont vous entendez me punir », s'écria Claude, d'une voix que l'indignation rendait tremblante.

Mais M. Lenoir haussa les épaules. Et il continua, sarcastique :

« C'est ce que nous verrons !... Attends un peu que ton père sache comment tu te comportes, et je suis certain qu'il sera du même avis que moi. Et maintenant, file ! Rappelle-toi que je t'interdis de quitter ta chambre jusqu'à demain. Sois tranquille : quand ton père arrivera, je lui fournirai toutes les explications souhaitables. »

La mort dans l'âme, Claude dut suivre Simon, manifestement ravi du rôle qui lui incombait. Mais en arrivant devant la porte de sa chambre, elle se mit à crier à tue-tête, afin d'alerter ses amis :

« Mick ! François ! Au secours ! Vite, au secours ! »

CHAPITRE XIV

Une énigme

A l'appel de Claude, ses amis se précipitèrent dans le couloir, juste à temps pour voir Simon la pousser brutalement dans sa chambre et refermer la porte à clef.

« Eh là ! que faites-vous ? » s'écria François indigné.

Simon tourna les talons sans mot dire. Mais François se jeta sur lui et, le saisissant par le bras, lui hurla dans l'oreille :

« Ouvrez cette porte, immédiatement ! Entendez-vous ? »

Le visage de l'homme demeura impassible. François resserra sa prise, furieux.

« M. Lenoir m'a ordonné de punir cette enfant, dit alors le domestique, posant sur le garçon son regard en biseau.

— N'empêche que vous allez m'ouvrir cette porte, et tout de suite ! » commanda François.

D'un geste vif, le garçon tenta d'arracher la clef que Simon tenait encore à la main. Mais l'homme leva le bras et lui assena un coup brutal qui le rejeta à l'autre bout du palier. Et, profitant du désarroi des enfants, il descendit l'escalier quatre à quatre.

François le suivit des yeux, stupéfait.

« Quelle brute ! s'exclama-t-il. Il est fort comme un Turc... » Puis, revenant à la porte de sa cousine, il appela : « Claude ! Claude ! Que t'est-il donc arrivé ? »

Bouleversée, la prisonnière raconta son aventure à ses amis. Ceux-ci l'écoutèrent en silence.

« Ma pauvre Claude, s'écria Mick, quand le récit fut terminé. Tu n'as vraiment pas eu de chance : te faire surprendre alors que tu étais si près du but !

— Je suis navré, déclara Noiraud, consterné. Papa est si violent... Jamais il ne t'aurait infligé pareille punition s'il avait su que tu étais une fille. Mais il s'obstine à te prendre pour un garçon !

— Si tu savais comme cela m'est égal ! répondit Claude, parlant toujours à travers la porte fermée. Je me moque éperdument de tout ce que l'on peut me faire. C'est Dago qui m'inquiète. Et à présent, il va me falloir ronger mon frein jusqu'à demain ! Mais vous pouvez dire à Simon que je ne toucherai à rien de ce qu'il m'apportera. Voir sa figure suffira à me couper l'appétit !

— Et moi, comment vais-je me coucher ce soir ? fit Annie d'une voix lamentable. Toutes mes affaires sont dans ta chambre !...

— Tu viendras dormir avec moi », offrit la petite Mariette, qui semblait encore terrifiée. « Je te prêterai une chemise de nuit... Mon Dieu ! Claude, que va dire ton père en arrivant ? J'espère qu'il fera lever immédiatement la punition.

— Je suis bien sûre que non, déclara la prisonnière. Il pensera que j'ai encore fait des sottises et peu lui importera que l'on m'ait punie, au contraire. Ah ! comme je voudrais que maman vienne aussi ! »

Les enfants se désolaient en songeant à l'infortune de Claude et au réel danger que courait Dagobert. Tout allait de mal en pis. A l'heure du goûter, ils descendirent tristement à la salle à manger. La vue même du superbe gâteau au chocolat qui les attendait ne leur procura aucune joie. Que n'eussent-ils donné pour pouvoir en apporter un gros morceau à Claude ainsi qu'à l'infortuné Dago !

Après le départ de ses amis, la prisonnière sentit tout le poids de son isolement. Il était quatre heures, elle avait faim, et la pensée de Dago la hantait. Alors, elle se mit à rêver d'évasion, et, s'approchant de la fenêtre, elle regarda au-dehors.

Sa chambre semblait bâtie au bord d'un précipice : comme celle de Noiraud, elle donnait en effet sur le flanc de la colline. Plus bas, les remparts s'accrochaient à la pente vertigineuse du rocher. Claude comprit que, de ce côté, toute évasion serait impossible. Si elle essayait de sauter sur le chemin de ronde, elle risquait de ne pouvoir reprendre pied aisément sur sa surface inégale. Et elle frissonna en songeant à la terrible chute qu'elle ferait alors sur l'éboulis de pierres roulantes qui descendait jusqu'au marais.

Soudain, une idée fulgurante lui traversa l'esprit : si elle prenait l'échelle de corde de Noiraud ! Comme les enfants utilisaient chaque jour cette échelle pour descendre dans les souterrains en compagnie de Dagobert, ils l'avaient d'abord rangée dans le placard de Mariette. Mais, depuis le jour où on avait essayé de pénétrer dans la chambre de la fillette pour les y surprendre, ils prenaient la précaution de l'emporter chez Claude. Pour plus de sûreté, Claude la mettait sous clef dans la mallette de voyage.

Les mains tremblantes, elle sortit le précieux objet de sa cachette, et, du regard, mesura anxieusement la distance qui la séparait du chemin de ronde. C'est alors qu'elle s'aperçut que d'autres fenêtres s'ouvraient en dessous de celle de sa chambre. C'étaient celles de la cuisine.

« Aïe ! se dit-elle, si je descends par là, Simon me verra sûrement ! Il va falloir que j'attende la nuit. »

Quand ses camarades revinrent, Claude les mit au courant de son projet, en parlant à voix basse par le trou de la serrure.

« Quand je serai sur le mur de ronde, leur dit-elle, je le suivrai sur une certaine distance avant de sauter dans la rue. Ainsi, personne ne pourra me voir. Et puis, je reviendrai à la maison. Vous n'aurez qu'à laisser la porte d'entrée entrebâillée pour que je puisse me faufiler dans le vestibule. Je monterai vous rejoindre dans votre chambre. Tâchez de me trouver quelque chose à manger. J'attendrai que tout le monde soit couché pour redescendre dans le bureau et ouvrir la trappe du passage secret. Noiraud pourra venir m'aider, et nous délivrerons enfin Dago.

— Entendu, dit Noiraud sans hésiter. Seulement il ne faut pas sortir avant la nuit ; je sais qu'il n'y a rien à craindre du côté de Simon : il vient d'aller se coucher avec une très forte migraine, mais Renée et Henriette seront certainement dans la cuisine, et il ne s'agit pas qu'elles te voient passer devant la fenêtre ! »

Le soir tomba. Une pénombre grise et bleue descendit sur le Rocher Maudit, estompant l'altière silhouette du Pic du Corsaire.

Claude ouvrit sa fenêtre, fit glisser avec précaution l'échelle de corde, après en avoir solidement amarré l'extrémité au pied de son lit. Puis elle enjamba l'appui et descendit le long du mur, sans bruit.

Par bonheur, les rideaux étaient déjà tirés dans la cuisine, de sorte que Claude passa aisément devant la fenêtre. Quelques instants plus tard, elle prenait pied sur le chemin de ronde.

« Ouf ! se dit-elle. Mais c'est à présent qu'il convient

de jouer serré : il ne faudrait pas me trouver nez à nez avec M. Lenoir. Je vais suivre ce mur le plus longtemps possible. D'en bas, personne ne me verra et je ne risquerai plus de rencontrer quelqu'un de connaissance quand je sauterai dans la rue. Après, je n'aurai qu'à raser les murailles en me fiant à ma bonne étoile pour regagner le Pic du Corsaire ! »

Claude commença donc sa promenade sur le chemin de ronde. A certains endroits, les dalles à demi effondrées ou brisées s'ébranlaient et menaçaient de céder sous ses pas. Mais, heureusement, elle s'était munie de sa lampe de poche, ce qui lui permettait de choisir où poser le pied.

Les remparts contournaient d'abord des écuries et des remises, puis de vieilles boutiques adossées à la muraille. Ils encerclaient ensuite un groupe de maisons accrochées sur la pente. Claude n'avait qu'à baisser les yeux pour plonger à l'intérieur de ces habitations aux fenêtres brillamment éclairées, car la plupart des rideaux n'étaient pas encore tirés. C'était une étrange impression que d'avancer ainsi, presque à la hauteur des toits et de tout voir sans être vue, invisible et comme perdue dans la nuit.

Là, c'étaient les visages heureux d'une famille réunie autour de la table du dîner. Plus loin, un vieillard solitaire fumait sa pipe en lisant un journal. Ailleurs, une femme tricotait, assise devant un poste de télévision ; son mari, assis à côté d'elle, semblait passionné par une émission d'informations. Claude passait, silencieuse, à quelques pas de ces gens paisibles. Personne ne l'entendait. Personne ne la voyait.

Elle atteignit ensuite une maison d'aspect plus imposant, dont les assises se confondaient avec l'enceinte de la ville, car à cet endroit le rocher descendait à pic sur les marais.

On ne voyait là qu'une seule fenêtre éclairée. En passant, Claude jeta un coup d'œil rapide. Puis elle s'arrêta net, pétrifiée. Cet homme, là, dans la pièce où plongeait son regard, n'était-ce pas Simon ? Bien qu'il lui tournât le dos, elle en aurait juré : c'étaient là sa forme de tête, ses oreilles et son cou massif, ses épaules enfin !

A qui parlait-il donc ? Claude s'efforça de mieux voir et, soudain, elle reconnut le visage de l'interlocuteur. C'était M. Vadec, le contrebandier.

« Mais enfin, songea Claude. Simon est sourd et ce n'est pas le cas de l'homme que je vois ici ! »

En effet l'inconnu semblait écouter avec une extrême attention ce que lui disait M. Vadec. Puis il parla à son tour. Claude ne put évidemment comprendre un traître mot de la conversation.

« Je ne devrais pas espionner ainsi ces gens-là, pensa encore Claude. C'est très mal de ma part, je le sais, mais il y a dans cette affaire quelque chose de si bizarre... Ah ! comme je voudrais que l'interlocuteur de M. Vadec regarde de mon côté ! Je saurais tout de suite s'il s'agit bien de Simon. »

Le souhait de Claude ne fut malheureusement pas exaucé : l'homme continuait à tourner le dos. Et M. Vadec reprit la parole. Une animation extrême se lisait sur son visage, violemment éclairé par une lampe toute proche. Cependant, le personnage qui ressemblait à Simon approuvait de la tête : il ne perdait manifestement rien de ce que disait l'autre.

Claude était de plus en plus perplexe. Ah ! que ne pouvait-elle obtenir la certitude que Simon était bien présent dans cette maison ! Et pourtant... que serait-il venu y faire, pourquoi aurait-il tenu cet étonnant conciliabule avec M. Vadec ? Enfin, et surtout, sa surdité n'était-elle pas complète ?

Sans attendre davantage, Claude se laissa glisser au pied du rempart et se retrouva dans une étroite ruelle. En toute hâte, elle se dirigea vers le Pic du Corsaire. Noiraud l'attendait, dissimulé dans l'ombre de la porte de la maison. Comme Claude allait passer auprès de lui sans le voir, il lui posa la main sur le bras, au grand effroi de celle-ci.

« Viens vite, murmura-t-il. Nous allons passer par-derrière, c'est plus sûr.

Les deux enfants se faufilèrent par une porte de service. Puis ils traversèrent le rez-de-chaussée sur la pointe des pieds, et gagnèrent l'escalier qui montait à la chambre de François. Quand la porte s'ouvrit, Claude ne put en croire ses yeux devant le festin que ses amis avaient préparé à son intention !

« Je suis allé dévaliser la cuisine, expliqua Noiraud avec satisfaction. Henriette était sortie pour la soirée, Renée venait de partir mettre une lettre à la poste. Quant à Simon, il a passé la fin de l'après-midi au lit tant il avait la migraine. Alors, tu penses si...

— Ce n'est donc pas lui que j'ai vu tout à l'heure ? coupa Claude vivement. Et pourtant, je mettrais ma main au feu que ce ne pouvait être personne d'autre !

— Que veux-tu dire ? » questionnèrent les autres enfants, stupéfaits. Mais avant de s'expliquer davantage, Claude s'assit sur le tapis et commença par engloutir deux tartelettes suivies d'une tranche de pain d'épice. Elle avait une faim de loup ! Enfin, elle se mit à raconter son odyssée : l'évasion par la fenêtre, puis la promenade sur les remparts.

« Tout à coup, par une fenêtre, devinez qui je vois : Simon en grande conversation avec M. Vadec ! »

Les enfants étaient abasourdis.

« As-tu réussi à voir son visage ? demanda François.

— Hélas, non ! reconnut Claude. Mais je suis sûre qu'il s'agissait de lui... Noiraud, va voir s'il est dans sa chambre ! En admettant qu'il se soit rendu chez M. Vadec, il n'a pas encore eu le temps de rentrer, car il avait à la main un verre qu'il ne semblait pas pressé de vider... Va vite, Noiraud ! »

Le garçon disparut. Quelques minutes plus tard, il était de retour.

« Simon est couché, annonça-t-il, haletant. Je l'ai vu dans son lit !... Enfin, que signifie tout cela ? Simon aurait-il par hasard un sosie ? »

CHAPITRE XV

Une étrange affaire

De tous les enfants, c'était bien Claude la plus surprise : elle était convaincue que Simon et le mystérieux interlocuteur de M. Vadec ne faisaient qu'un. Pour ses compagnons, la chose était moins certaine, Claude ayant elle-même reconnu qu'il lui avait été impossible d'apercevoir les traits du personnage.

« Mon père est-il arrivé ? » demanda soudain la fillette, se rappelant que M. Dorsel était attendu au Pic du Corsaire dans la soirée.

« Oui, quelques instants avant toi, répondit Noiraud. Je t'attendais devant la maison et, pour un peu, je me faisais écraser par le taxi. Je n'ai eu que le temps de me jeter contre le mur !

— Que décidons-nous ? reprit Claude. Il faut absolument délivrer Dago ce soir. J'ai envie de rentrer dans ma chambre, de peur que Simon ne s'aperçoive de ma disparition. Puis, quand tout le monde sera couché, je ressortirai. Si tu veux ! Noiraud, tu m'ouvriras encore la porte de la maison, puis nous irons dans le bureau et je pourrai retrouver Dago.

— Je ne suis pas sûr que les choses se passeront aussi simplement que tu le dis, observa Noiraud. Mais de toute manière, ton plan est le seul praticable... Si tu n'as plus faim, dépêche-toi de regagner ta chambre !

— Attends, je vais encore prendre deux ou trois brioches. Surtout, n'oublie pas de venir frapper à ma porte pour m'avertir que tout le monde est couché et que je puis sortir de chez moi sans danger. »

Un quart d'heure plus tard, Claude se retrouvait dans sa chambre, faisait disparaître l'échelle de corde et refermait sa fenêtre. Il n'était que temps : Simon arrivait, portant un plateau sur lequel se trouvaient un verre d'eau et une assiette de pain sec. Il déposa le tout sur la table devant la prisonnière.

« Votre dîner, mademoiselle », annonça-t-il d'un ton obséquieux.

Claude le regarda. Alors ce visage impassible lui causa soudain une exaspération et une aversion si vives que, perdant tout contrôle d'elle-même, elle s'empara du verre et en jeta le contenu sur Simon. Celui-ci, qui venait de faire demi-tour, reçut la douche sur la nuque.

Il se retourna d'un bond et, pâle de colère, marcha sur la fillette. Ses yeux lançaient des éclairs. Il esquissa un geste violent, mais, apercevant Mick et François sur le seuil de la pièce, il se contint.

« Vous me paierez cela, petite peste, lança-t-il d'une voix sifflante. Ecoutez-moi bien : vous ne reverrez jamais votre chien, jamais ! »

Sur ces mots, il sortit. La porte se referma brutalement, puis la clef tourna dans la serrure.

« Claude ! Pourquoi as-tu fait cela ? » s'exclamèrent Mick et François dès que le domestique se fut éloigné. « Tu peux être sûre que Simon cherchera à se venger !

— Je ne sais pas ce qui m'a pris tout d'un coup ; mais à présent comme je regrette mon geste ! »

Les enfants durent laisser Claude à sa solitude, car il leur fallait descendre saluer M. Dorsel ; Claude les entendit s'en aller à regret. Mais leur absence fut brève et, au retour, ils lui racontèrent leur entrevue avec son père :

« Oncle Henri est très fatigué et, naturellement, ce qu'il a appris sur toi l'a beaucoup fâché, dit François. Il a déclaré que, si tu ne demandais pas pardon à M. Lenoir, tu serais encore consignée dans ta chambre toute la journée de demain. »

Claude garda le silence. Elle n'avait nulle intention de demander pardon, car elle détestait M. Lenoir avec son sourire faux et ses brusques colères.

« Il faut à présent que nous allions dîner, annonça Noiraud. Ne t'inquiète pas, Claude, nous te mettrons quelque chose de côté dès que Simon aura le dos tourné. Et ce soir, quand tout le monde sera couché, je viendrai frapper à ta porte. »

Après le départ de ses amis, Claude s'allongea sur son lit, et se mit à réfléchir. Tant de choses demeuraient inexplicables... Elle se sentait en plein mystère : les signaux de la tour, Simon et ses manières étranges, cette conversation entre M. Vadec et un personnage ressemblant au domestique de M. Lenoir... Et pourtant, ce dernier n'avait pas quitté sa chambre de l'après-midi. Que signifiait donc tout cela ? Bientôt les yeux de Claude se fermèrent, et elle s'endormit.

Quand Annie passa devant la porte de sa cousine pour aller se coucher en compagnie de Mariette, elle murmura : « Bonsoir », tandis que Noiraud suivait Mick et François dans leur chambre, ainsi qu'il avait été convenu. Claude se réveilla juste assez pour leur dire : « Bonsoir », à tous, puis elle se rendormit.

A minuit, elle fut brusquement tirée de son sommeil par de petits coups que l'on frappait impatiemment à sa porte. C'était Noiraud.

« Merci. J'arrive ! » annonça-t-elle à voix basse, puis elle saisit sa lampe de poche et se dirigea vers la fenêtre. Quelques instants plus tard, elle prenait pied sur le chemin de ronde, sautait dans la rue et courait à la porte de service par laquelle elle était déjà rentrée au Pic du Corsaire. Noiraud l'y attendait. Claude se glissa à l'intérieur de la maison.

« Tout le monde est au lit, annonça le garçon à voix basse. J'ai bien cru que ton père et le mien ne monteraient jamais se coucher : ils sont restés je ne sais combien de temps à bavarder dans le bureau.

— Viens vite, Noiraud ! » fit Claude.

Elle entraîna son compagnon vers le cabinet de travail de M. Lenoir, voulut entrer. Mais la porte ne s'ouvrit pas. Surpris, Noiraud tourna la poignée à son tour, et poussa le panneau de toutes ses forces. Mais il lui fallut bien reconnaître qu'il ne servirait à rien de s'entêter davantage : la porte était fermée à clef !

« Nous aurions dû nous en douter », murmura Claude, désespérée. Et, soudain, furieuse : « Flûte, trente-six mille fois flûte ! s'écria-t-elle. Vas-tu me dire ce que nous allons faire à présent ? »

Noiraud réfléchit un moment.

« Il n'y a plus qu'une solution, lui glissa-t-il à l'oreille. Je vais m'introduire dans mon ancienne chambre — celle que l'on a donnée à ton père — et je me faufilerai dans la penderie pour ouvrir la trappe du passage secret et délivrer Dago. J'espère que ton père ne s'éveillera pas pendant ce temps-là !

— Tu ferais vraiment cela pour moi ? dit Claude bouleversée. Ah ! Noiraud, que tu es gentil !... Mais ne serait-il pas préférable que j'agisse moi-même ?

— Je connais la galerie mieux que toi. De plus, c'est assez impressionnant de s'y promener tout seul, et en pleine nuit, par-dessus le marché ! »

Les deux enfants montèrent l'escalier et se dirigèrent vers l'ancienne chambre de Noiraud, qu'occupait à présent M. Dorsel. Mais devant la porte de chêne qui commandait l'entrée du corridor, Claude s'arrêta.

« Noiraud, le signal ! murmura-t-elle. Dès que nous allons ouvrir, la sonnerie que tu as installée dans ta chambre réveillera papa !

— Comme tu es bête ! fit le garçon avec dédain. J'ai tout de suite débranché mon installation en apprenant que ton père devait prendre ma chambre... Franchement, Claude, pour qui me prends-tu ! »

Ils s'engagèrent dans le long corridor, puis s'avancèrent avec précaution jusqu'à la porte de Noiraud. Elle était fermée. Ils tendirent l'oreille.

« Ton père semble avoir le sommeil agité, murmura le jeune garçon. Je vais attendre un peu, Pendant ce temps, tu devrais aller chez Mariette et Annie. Ne t'inquiète pas ; dès que j'aurai fait sortir Dago du passage, je te l'amènerai. »

Claude suivit le conseil que lui donnait son compagnon, mais elle ne referma pas complètement la porte de Mariette, afin d'entendre Noiraud revenir. Ah ! qu'elle serait donc heureuse de retrouver enfin Dagobert ! Et lui, fou de joie, n'en finirait pas de la lécher et de bondir autour d'elle.

Noiraud pénétra sans bruit dans la pièce où reposait M. Dorsel. Sachant que certaines lames de parquet risquaient de grincer sous ses pas, il s'avança avec précaution vers un grand fauteuil et se cacha derrière le dossier. Il n'était pas sûr que le père de Claude soit complètement endormi et il préférait attendre avant de s'introduire dans la penderie.

Les minutes qui suivirent parurent interminables au jeune garçon. M. Dorsel s'agitait et se retournait à chaque instant dans son lit et il marmonnait de temps à autre des paroles indistinctes. Sans doute était-il fatigué par son voyage et énervé par la longue

conversation qu'il avait eue avec M. Lenoir. Noiraud commençait à se demander s'il allait vraiment s'endormir. Lui-même sentait le sommeil le gagner et ne pouvait s'empêcher de bâiller. Enfin M. Dorsel se calma. Le lit cessa de grincer. Noiraud allait quitter son abri. Soudain, il tressaillit en entendant un bruit léger, du côté de la fenêtre. Qu'était-ce donc ? On eût dit une charnière qui grinçait.

La nuit était sombre, mais la croisée se détachait nettement comme un rectangle grisâtre entre les rideaux non tirés. Noiraud ne la quittait pas des yeux. Quelqu'un essayait-il de l'ouvrir ?... Non, rien ne bougeait. Cependant le garçon avait l'impression qu'il se produisait quelque chose d'étrange un peu plus bas.

Sous la fenêtre, dans l'embrasure, était installée une large banquette, que Noiraud connaissait bien. Combien de fois n'y était-il pas resté l'après-midi entier à lire et à regarder la mer au loin... Mais à présent, ce qui se passait là était extraordinaire.

Le dessus du siège se soulevait doucement, à la manière d'un couvercle. Noiraud n'en croyait pas ses yeux : la planche sur laquelle il avait l'habitude de s'asseoir n'était-elle pas vissée aux angles ? Qui aurait pu supposer que ce siège fût en réalité un coffre ?... Il fallait donc imaginer que quelqu'un en avait dévissé le dessus, puis s'était dissimulé à l'intérieur en attendant, pour sortir, le moment favorable.

Noiraud regardait intensément, comme fasciné par le spectacle. Qui donc se cachait là ? Et pourquoi ? Le couvercle continuait à se soulever avec lenteur, d'un mouvement silencieux, presque insensible, qui finissait par vous donner le frisson.

Quand la planche fut parvenue à bout de course, on l'appuya contre le bas de la fenêtre. Puis une ombre massive émergea du coffre, se hissa avec précaution, sans le moindre bruit. Noiraud sentit ses cheveux se dresser sur sa tête. Une affreuse terreur s'empara de lui et lui noua la gorge.

L'ombre se dirigea à pas de loup vers le lit. Noiraud vit un geste rapide, entendit une plainte étonnée et il devina que l'on venait de bâillonner M. Dorsel pour l'empêcher d'appeler au secours. Mais le garçon demeura cloué sur place, incapable de crier ou de bouger. Jamais il n'avait eu aussi peur de sa vie.

L'agresseur souleva la forme inerte étendue sur le lit et, revenant vers le coffre ouvert, la déposa à l'intérieur. Noiraud ignorait par quel moyen l'on avait pu mettre ainsi M. Dorsel dans l'incapacité de résister. Mais le malheureux n'avait pas esquissé le moindre geste de défense.

Tout à coup, Noiraud retrouva sa voix.

« Dites donc, vous, s'écria-t-il. Que faites-vous là et qui êtes-vous ? »

Puis, se rappelant qu'il s'était muni de sa lampe électrique, il l'alluma brusquement. A sa grande surprise, le visage qui apparut en pleine lumière ne lui était pas inconnu.

« M. Vadec est parti en vacances », dit le jardinier. →

« Monsieur Vadec ! » lança-t-il à tue-tête.

Soudain on lui assena un coup violent sur le crâne et il perdit notion de tout. Il n'eut pas conscience qu'on le transportait, lui aussi, jusque dans le coffre, ni que son agresseur y pénétrait également après lui. Il ne s'aperçut de rien.

Claude, qui attendait dans la chambre voisine, entendit tout à coup la voix de Noiraud. On eût dit que ce dernier interpellait quelqu'un. Et puis, soudain, un cri retentit : « Monsieur Vadec ! »

Que se passait-il donc ? Vivement alarmée, Claude chercha sa lampe électrique, qu'elle avait posée sur un meuble en entrant dans la chambre de Mariette et d'Annie. Ces dernières dormaient à poings fermés. Dans sa hâte fiévreuse, Claude s'entrava dans une chaise et s'en alla donner de la tête contre le mur. Enfin, elle découvrit sa lampe et sortit dans le corridor, toute tremblante.

La porte de la chambre voisine était entrebâillée. Elle écouta : plus le moindre bruit. Pourtant, après l'exclamation poussée par Noiraud, elle avait cru percevoir une sorte de choc assourdi, mais sans réussir à en comprendre la cause.

Alors elle passa résolument la tête par l'ouverture et braqua sa lampe à l'intérieur de la pièce. Stupéfaite, elle retint un cri : le lit était vide ! Et la chambre aussi. Le faisceau de lumière fit le tour des murs, fouilla les angles : il n'y avait personne... Claude entra, puis, bravement, elle chercha partout : dans le placard, derrière les rideaux, sous le lit. Ce fut en vain : Noiraud et M. Dorsel avaient disparu !

Abasourdie, la fillette se laissa tomber sur la banquette placée devant la fenêtre. Et une indicible angoisse s'empara d'elle, tandis qu'elle se demandait ce qu'étaient devenus son père et Pierre Lenoir.

CHAPITRE XVI

Le lendemain

Tandis que Claude s'interrogeait ainsi, assise sur ce coffre où les acteurs du drame avaient disparu de si mystérieuse façon, elle entendit du bruit dans le couloir. On venait ! Prompte comme l'éclair elle se jeta à plat ventre sous le lit. Afin de mieux voir, elle releva légèrement un pan de la couverture qui traînait sur le sol, puis elle attendit, l'œil et l'oreille aux aguets.

Des pas furtifs s'approchèrent de la porte. Quelqu'un entra et marqua un temps d'arrêt, comme pour écouter et surveiller les alentours. Puis on traversa la chambre.

Ecarquillant les yeux dans l'ombre, Claude s'efforçait de ne rien perdre de la scène. Une silhouette sombre se découpait vaguement sur le rectangle grisâtre de la fenêtre. Claude la vit se pencher vers le siège logé dans l'embrasure.

Dans l'obscurité, il était impossible de suivre les gestes du personnage, mais on l'entendait se livrer à une mystérieuse occupation. Tout d'abord, ses doigts tapotèrent doucement le dessus de la banquette. Puis il y eut le heurt léger d'un objet métallique, que suivit un grincement à peine perceptible. Claude ne pouvait comprendre ce qui se passait.

Plusieurs minutes s'écoulèrent. L'inconnu — homme ou femme, Claude n'eût su le dire — poursuivait sa tâche dans l'ombre. Puis il s'en alla, aussi furtivement qu'il était venu. Claude se disait que ce ne pouvait être que Simon. Non qu'elle l'eût reconnu, tant était confuse la silhouette qu'elle avait aperçue. Mais le personnage avait toussoté une ou deux fois ainsi que le faisait souvent le domestique de M. Lenoir. C'était Simon, Claude en était convaincue... Mais que faisait-il dans la chambre de M. Dorsel à cette heure indue, et sur quelle besogne s'était-il ainsi penché pendant un long moment ?

Claude avait l'impression de se trouver en plein cauchemar. Les événements les plus extraordinaires ne cessaient de se passer au Pic du Corsaire. Chaque jour une nouvelle énigme venait s'ajouter aux précédentes, mais il demeurait impossible de discerner entre elles le moindre lien... Où était M. Dorsel ? Aurait-il quitté sa chambre pour s'en aller errer par la maison, ainsi que le font les somnambules ? Et Noiraud ? Qu'était-il devenu, lui aussi ? Pourquoi avait-il poussé cette exclamation ?

« Jamais il n'aurait crié de la sorte si papa avait été là », se disait Claude, en proie à un désarroi extrême.

Enfin, elle quitta sa cachette et sortit de la chambre. Puis elle suivit le corridor jusqu'à la porte de chêne donnant sur le palier. Elle ouvrit avec précaution, passa la tête... La maison était plongée dans l'obscurité. Des bruits ténus parvenaient jusqu'à

Claude : c'était le léger battement d'une fenêtre, ou bien le craquement de quelque meuble dans une pièce éloignée. Rien de plus.

Claude n'avait plus qu'une pensée : gagner au plus vite la chambre des garçons afin de leur raconter ce qui s'était passé. Elle traversa le palier et entra chez François. Naturellement celui-ci ne dormait pas, non plus que Mick : ils attendaient le retour de Noiraud, escorté de Claude et de Dago.

Mais leur cousine arriva seule, bouleversée, haletante. Et elle avait à leur raconter une surprenante histoire... Elle s'installa au creux de l'édredon qui couvrait le lit de François et, à voix basse, commença son récit.

Les garçons l'écoutèrent avec stupeur. Quoi ! L'oncle Henri et Noiraud avaient disparu ! Et puis quelqu'un était venu rôder dans la chambre pour s'y livrer du côté de la fenêtre à une besogne mystérieuse... Que signifiait tout ceci ?

« Claude, il faut retourner là-bas immédiatement. Nous t'accompagnons », décida François, qui déjà

enfilait sa robe de chambre et cherchait ses pantoufles. « Cette fois, la situation devient sérieuse ! »

En toute hâte, les enfants refirent en sens inverse le trajet que Claude venait de parcourir. Ils allèrent réveiller Mariette et Annie qui eurent grand-peur. Et elles les suivirent, encore toutes tremblantes, dans la chambre d'où Noiraud et le père de Claude avaient si mystérieusement disparu. François ferma la porte, tira les rideaux et alluma l'électricité. Les enfants se sentirent alors plus à l'aise. Il était si désagréable de se mouvoir dans l'ombre à tâtons, avec l'unique secours d'une lampe de poche dont la lumière dansait devant vous d'une façon si étrange.

Ils parcoururent du regard la pièce silencieuse, sans rien y voir qui pût expliquer la disparition de M. Dorsel et de Noiraud. Le lit vide montrait ses draps en désordre, l'oreiller froissé. La lampe de Noiraud, abandonnée sur le parquet, attestait seule sa venue dans la chambre. Claude répéta à ses amis les mots qu'elle avait cru entendre crier, mais cela n'apporta aucun éclaircissement.

« Pourquoi Noiraud aurait-il lancé le nom de M. Vadec alors qu'il était seul dans la pièce avec ton père ? objecta François à sa cousine. Tu penses bien que M. Vadec ne se trouvait pas ici... L'idée me paraît ridicule : il n'avait rien à faire avec oncle Henri.

— Je le sais. Pourtant, je suis sûre d'avoir bien entendu, répliqua-t-elle. Et je me demande si M. Vadec, voulant faire quelque mauvais coup, ne se serait pas introduit dans la maison en utilisant le passage secret. Surpris par papa et par Noiraud, il serait reparti par le même chemin, et les aurait emmenés avec lui pour qu'ils ne le dénoncent pas ! »

Bien qu'elle ne fût pas entièrement satisfaisante, l'explication semblait plausible. Les enfants allèrent ouvrir la penderie. Tâtonnant parmi les vêtements accrochés à l'intérieur, ils cherchèrent l'anneau de fer grâce auquel l'on pouvait faire basculer l'énorme pierre masquant l'entrée de la galerie. Mais il avait disparu ! Quelqu'un l'avait arraché du mur, interdisant ainsi tout accès au passage secret !

« Regardez ! s'exclama François, stupéfait. L'issue est condamnée ! Notre étrange visiteur de minuit n'a pu s'en retourner par là ! »

Claude avait pâli. Elle avait tant espéré retrouver Dagobert en passant par cette trappe ! Et maintenant, c'était devenu impossible. Dans sa détresse, elle pensait à son ami fidèle dont le secours et la présence lui eussent été d'un si grand réconfort.

« Je suis sûr que M. Lenoir est pour quelque chose dans tout cela ! s'écria Mick. Et Simon aussi. Je parie que c'était lui qui rôdait dans la chambre pendant que Claude s'y trouvait. Il doit être de mèche avec M. Lenoir dans je ne sais quelle affaire bizarre...

— Si tu dis vrai, Mick, il ne faut plus songer à les avertir de ce qui vient de se passer ! déclara François. Ce serait une folie que d'aller leur raconter ce que nous savons... Et il nous est tout aussi impossible de parler à ta mère, Mariette. Elle mettrait naturellement ton père au courant... Que faire ? C'est un vrai problème ! »

Annie éclata en sanglots et Mariette, bouleversée, se mit à pleurer, elle aussi. Claude sentit le picotement des larmes qui lui montaient aux yeux, mais elle parvint à maîtriser son émotion. Elle savait garder son sang-froid.

« Noiraud, Noiraud, je veux voir Noiraud ! » répétait Mariette, désespérée. La fillette vouait une affection sans bornes à ce frère, dont elle admirait tant le courage et la générosité. « Où est-il ? Je suis sûre qu'il se trouve en danger !

— Ne t'inquiète pas, Mariette, dit François. Nous irons à son secours dès demain matin. Pour l'instant, il n'y a personne dans la maison à qui demander aide ou conseil. Aussi je propose que nous retournions nous coucher pour essayer de dormir un peu. Et demain matin, nous aviserons. De deux choses l'une : Noiraud et l'oncle Henri seront revenus ou ils ne le seront pas... Dans ce cas-là, il faudra bien prévenir M. Lenoir et, selon sa manière de réagir, nous saurons s'il était dans le coup ou non. Nous verrons s'il appelle la police ou s'il se contente de faire mettre la maison sens dessus dessous pour retrouver Noiraud et l'oncle Henri. Croyez-moi, nous ne tarderons pas à être fixés ! »

Chacun se sentit calme et plus confiant après ce long discours, prononcé d'une voix nette et rassurante. Pourtant, François était beaucoup moins sûr de lui qu'il ne voulait le montrer. Il comprenait, bien mieux que ses compagnons, qu'il se passait au Pic du Corsaire des choses étranges, certes, mais aussi infiniment dangereuses. Et il aurait préféré que les filles ne fussent pas mêlées à ces événements.

« Ecoutez, voici ce qu'il faut faire, reprit-il. Claude, tu dormiras avec Annie et Mariette dans la chambre à côté. Fermez votre porte à clef et gardez la lumière allumée. Moi, je reste ici avec Mick. Ainsi, vous saurez que vous n'avez rien à craindre. »

Les filles ne furent pas fâchées d'apprendre que Mick et François seraient si près d'elles. Et elles se retirèrent chez Mariette, épuisées par ces émotions. Claude s'allongea sur un petit divan et ramena sur elle une chaude couverture tandis que Mariette et Annie se remettaient au lit. Malgré leur énervement et leur angoisse, toutes trois étaient si lasses qu'elles ne tardèrent pas à s'endormir.

Cependant, les garçons bavardèrent un long moment, couchés dans le lit qu'avait occupé Noiraud les nuits précédentes et où M. Dorsel reposait encore une heure auparavant. François ne croyait pas qu'il puisse se passer autre chose avant le matin. Et il s'endormit sans crainte, ainsi que Mick.

Le lendemain, ils furent réveillés par Renée, la servante. Elle venait tirer les rideaux et apportait à M. Dorsel une tasse de café noir. En découvrant les

deux garçons dans le lit de l'invité, elle faillit tomber à la renverse.

« Où est votre oncle ? demanda-t-elle, roulant des yeux effarés. Et pourquoi êtes-vous ici ?

— Nous vous expliquerons cela plus tard », répondit François, qui ne tenait pas à entrer dans les détails, car il savait Renée bavarde. « Laissez-nous donc cette tasse de café, nous la boirons avec plaisir !

— Oui, oui..., mais où est votre oncle ? répéta-t-elle, de plus en plus intriguée. Est-il allé dormir dans votre chambre ?

— Rien ne vous empêche d'aller voir s'il y est », conseilla Mick, espérant ainsi se débarrasser de la servante trop curieuse.

Elle disparut, convaincue qu'un vent de folie soufflait sur la maisonnée. Heureusement, elle laissa la tasse de café sur la table de nuit ; les garçons s'en emparèrent et allèrent frapper à la porte des filles.

Claude leur ouvrit. Ils entrèrent et chacun but à tour de rôle une gorgée du breuvage brûlant.

Sur ces entrefaites Renée reparut, en compagnie d'Henriette et de Simon. Le visage de ce dernier était indéchiffrable, comme à l'habitude.

« Monsieur François, il n'y a personne dans votre chambre », commença la servante. Au même instant, Simon laissa échapper une exclamation de surprise, en découvrant Claude. N'était-il pas certain de l'avoir enfermée dans sa chambre la veille au soir ? Et voici qu'elle prenait tranquillement le café chez Mariette !

« Comment êtes-vous sortie ? demanda-t-il avec rudesse. Je vais avertir M. Lenoir. On vous avait mise en pénitence !

— Taisez-vous, s'écria François. Je vous défends de parler à ma cousine sur ce ton. D'ailleurs, je suis certain que vous êtes pour quelque chose dans cette étrange affaire. Sortez d'ici ! »

Que Simon eût entendu ou non, il ne manifesta aucune intention de quitter la pièce. François se leva, le visage crispé.

« Sortez d'ici, entendez-vous », répéta-t-il, et il continua, regardant l'homme bien en face : « J'ai l'impression que la police s'intéresserait beaucoup à vous si elle était au courant de certains faits. Et maintenant, dehors ! »

Epouvantées par les paroles mystérieuses que venait de prononcer François, Henriette et Renée poussèrent un cri aigu. Elles reculèrent vers la porte sans quitter le domestique des yeux et se retirèrent en toute hâte. Heureusement, Simon prit le parti de sortir aussi, non sans lancer vers François un regard chargé de rancune.

« Je vais rendre compte de tout ceci à M. Lenoir », grommela-t-il.

Quelques instants plus tard, survenaient M. et Mme Lenoir. Celle-ci avait l'air terrifié, tandis que son mari semblait à la fois mécontent et surpris.

« Que se passe-t-il ? commença-t-il. Simon vient de me raconter une histoire abracadabrante. Il prétend que M. Dorsel a disparu et...

— Et Noiraud avec lui ! s'écria Mariette, fondant en larmes. Il est parti aussi ! »

Mme Lenoir jeta un cri.

« Que dis-tu ? C'est impossible ! Voyons, explique-toi !

— Si vous le permettez, c'est moi qui vais le faire », déclara François. Il craignait que Mariette ne soit trop bavarde. N'y avait-il pas de grandes chances pour que M. Lenoir soit à l'origine de tout ce qui s'était passé ? Il eût donc été ridicule de lui révéler ce qu'on savait, ainsi que les soupçons que l'on avait sur lui.

« François ! Que s'est-il passé ? Vite, je t'en supplie ! fit Mme Lenoir, complètement bouleversée.

— Oncle Henri a disparu de sa chambre cette nuit, et Noiraud aussi, répondit François. Naturellement, ils peuvent encore revenir... »

M. Lenoir ne quittait pas le jeune garçon des yeux.

« Toi, mon petit, tu nous caches quelque chose, dit-il d'un ton brusque. Je te prie de nous raconter tout ce que tu sais. Comment oses-tu faire des cachotteries en un instant pareil !...

— Dis-lui, François, dis-lui ! » s'écria Mariette, entre deux sanglots.

Le garçon la foudroya du regard, mais continua à se taire, le visage buté. M. Lenoir pâlit de colère.

« Puisqu'il en est ainsi, je m'en vais avertir la police, lança-t-il d'une voix coupante, et nous verrons bien si, devant ces messieurs, tu te montreras aussi discret. Ils savent convaincre les gens..., et je suis sûr qu'ils ne tarderont guère à te mettre à la raison ! »

François parut interloqué.

« Comment, balbutia-t-il, c'est vous qui parlez d'appeler la police ? Jamais je ne l'aurais cru : vous avez trop de secrets à cacher ! »

CHAPITRE XVII

De plus en plus étrange

Un silence de mort suivit les paroles de François, tandis qu'une stupeur indicible se peignait sur le visage de M. Lenoir. Le jeune garçon se serait battu pour son imprudence, mais il était trop tard pour revenir sur ce qu'il avait dit.

Comme M. Lenoir allait enfin ouvrir la bouche, le pas de Simon retentit dans le couloir.

« Entrez ! s'écria le maître de maison. J'ai l'impression qu'il se passe ici des choses extraordinaires ! »

Bien que la porte de la chambre fût demeurée ouverte, l'homme resta à l'extérieur. Sans doute n'avait-il pas entendu. Alors M. Lenoir lui fit signe avec impatience.

« Non, monsieur, il ne faut pas l'appeler, déclara François d'un ton ferme. Nous ne dirons rien devant lui, car nous le détestons, et de plus il ne nous inspire aucune confiance.

— Qu'est-ce que tout cela signifie ? s'exclama M. Lenoir, furieux. D'abord, que savez-vous de mes domestiques ? Je connaissais celui-ci depuis des années quand il est entré à mon service : je suis sûr de lui. Ce n'est pas sa faute s'il est sourd et si son infirmité le rend parfois irritable. »

François ne dit mot, et il soutint sans baisser les yeux le regard haineux que Simon fixait sur lui.

« Enfin, c'est insensé, reprit M. Lenoir, s'efforçant de conserver son calme. Je me demande vraiment ce qui arrive à tout le monde ici : les uns disparaissent comme par enchantement et les autres me parlent comme si je n'étais plus le maître chez moi ! François, je te conjure de ne rien me cacher : que se passe-t-il ?

— Pardonnez-moi, monsieur, je préfère le dire à la police », répliqua le garçon, sans cesser d'observer le domestique. Mais le visage de celui-ci demeurait impassible.

M. Lenoir fit signe à Simon de s'en aller, voyant qu'il lui fallait renoncer à obtenir le moindre renseignement de François aussi longtemps que se prolongerait la présence du serviteur. « Et vous, les enfants, suivez-moi dans mon bureau. Cette affaire devient de plus en plus mystérieuse, et si la police doit finalement la connaître, je tiens à savoir ce qu'il en est. Je ne veux pas que l'on puisse me prendre pour un vulgaire imbécile qui n'est même pas au courant de ce qui se passe chez lui ! »

François était assez déconcerté, tant l'attitude de M. Lenoir différait de celle qu'il avait prévue. La surprise et le désarroi du maître de maison semblaient sincères, et il avait de toute évidence l'intention bien arrêtée d'alerter lui-même la police. Etait-il concevable qu'il se comporte ainsi s'il avait une part de responsabilité dans la disparition de Noiraud et de M. Dorsel ? François se perdait en suppositions.

Mme Lenoir pleurait sans bruit, tandis que Mariette, qui s'était réfugiée auprès d'elle, continuait à sangloter désespérément. M. Lenoir passa son bras autour des épaules de sa femme comme pour la consoler, puis il se pencha et embrassa la petite fille.

« Ne t'inquiète pas, lui dit-il d'une voix soudain radoucie. Nous allons tirer cette affaire au clair, je te le promets, et les choses vont s'arranger quand bien même il me faudrait rassembler ici la police et la gendarmerie au grand complet ! J'ai une idée et je crois connaître la personne qui a tout machiné ! »

La stupéfaction de François était maintenant à son comble. Avec ses compagnons, il suivit son hôte dans le bureau. M. Lenoir entra le premier et débarrassa sa table des piles de papiers qui l'encombraient. Puis il se tourna vers François.

« Alors, de quoi s'agit-il ? » demanda-t-il avec calme. Les enfants remarquèrent que son teint avait repris sa coloration normale. La colère qui s'était emparée de lui était donc tombée.

« Eh bien, monsieur, dit François, ne sachant trop par où commencer son récit, j'ai l'impression que le Pic du Corsaire est une maison fort étrange, dans laquelle il se passe une foule de choses... étranges... Et je ne pense pas que vous serez très satisfait si je dis à la police tout ce que je sais...

— Oui ou non, vas-tu te décider à parler clairement ? s'écria M. Lenoir avec impatience. Ma parole, on dirait que je suis un criminel et que j'ai peur de la police. Ce n'est pas le cas ! Dis-moi ce qui se passe ici !

— D'abord, il y a les signaux que l'on fait du haut de la tour », révéla enfin François, qui en même temps observait attentivement la physionomie de M. Lenoir.

Celui-ci demeura un instant bouche bée. Il était clair que sa surprise n'était pas feinte.

« Des signaux. Quels signaux ? » s'écria vivement Mme Lenoir.

François conta la découverte de Noiraud, puis l'expédition qu'il avait entreprise en pleine nuit avec ses camarades afin de surprendre ce qui se passait dans la tour. Et il décrivit la ligne des minuscules points lumineux qui semblaient traverser l'étendue lointaine du marais, venant de la mer.

M. Lenoir écouta le récit avec une extrême attention. Puis il interrogea François sur la date et l'heure auxquelles s'étaient déroulés les faits. Le garçon expliqua ensuite comment Mick avait suivi l'inconnu qui descendait de la tour.

« Il l'a vu entrer dans la chambre de Simon, dit-il. Et à partir de ce moment, nous n'avons pu savoir ce qu'il était devenu...

— Sans doute s'est-il esquivé en passant par la fenêtre, fit M. Lenoir. Simon n'est pour rien dans ceci, tu peux en être sûr. Sa loyauté et son dévouement sont au-dessus de tout soupçon, et je n'ai qu'à me louer de ses services. Mais je ne serais pas étonné que M. Vadec soit pour quelque chose dans le mystère. Il lui est impossible d'envoyer des signaux de chez lui, car sa maison est encaissée derrière les remparts et n'a aucune vue sur la mer. Voilà pourquoi il doit utiliser notre tour, et par conséquent s'introduire ici ! Il connaît tous les détours des passages secrets et des souterrains infiniment mieux que moi. Aussi rien ne lui était-il plus facile que de pénétrer ici comme il le voulait. »

Les enfants regardaient M. Lenoir avec surprise.

« Ainsi, se disaient-ils, l'inconnu de la tour n'était autre que M. Vadec ! » Et ils commençaient à se convaincre que leur hôte n'avait réellement joué aucun rôle dans les mystérieux événements dont ils avaient été témoins.

« En fin de compte, reprit M. Lenoir, je ne vois pas du tout pourquoi nous ne mettrions pas Simon au courant de ce que je viens d'apprendre. Pour moi, le rôle joué par Vadec ne fait aucun doute... Je vais demander à Simon s'il s'était aperçu de quelque chose. »

François pinça les lèvres, décidé à ne plus ajouter un seul mot. Puisque M. Lenoir s'apprêtait à tout raconter à Simon qui, certainement, avait trempé dans la machination ourdie par M. Vadec, le jeune garçon se refuserait à parler davantage !

« Je veux savoir ce que Simon pense de cette affaire, et puis, si nous ne parvenons pas à déchiffrer l'énigme nous-mêmes, j'appellerai la police », déclara M. Lenoir, en quittant le bureau.

François ne désirait nullement poursuivre l'entretien en présence de Mme Lenoir. Aussi s'empressa-t-il d'aborder un sujet différent :

« Si nous déjeunions ? fit-il. J'ai une faim de loup. »

Ils se rendirent à la salle à manger, mais la pauvre Mariette ne put rien absorber, tant elle se tourmentait au sujet de Noiraud.

« Je crois que nous devrions continuer les recherches de notre côté », déclara François quand les enfants se retrouvèrent seuls autour de la table. « J'ai grande envie de retourner explorer la chambre d'oncle Henri : elle doit avoir une autre issue que le passage secret où nous avons caché Dagobert.

— A ton avis, que s'est-il passé la nuit dernière ? » questionna Mick.

François réfléchit un moment, puis il répondit :

« Ma foi, j'imagine que Noiraud s'était caché afin d'attendre que l'oncle Henri soit complètement endormi. Et pendant ce temps-là, quelqu'un est entré dans la chambre, je ne sais comment, avec l'intention d'enlever oncle Henri. Pourquoi, je j'ignore, mais j'ai la conviction que les choses se sont déroulées ainsi. Noiraud a dû crier et on lui aura assené un bon coup de poing pour le faire taire. Après quoi, on l'aura enlevé, lui aussi, et tous deux auront été emmenés par un autre passage, inconnu de nous.

— Oui, c'est cela, dit Claude. Et le ravisseur

n'était autre que M. Vadec ! J'ai entendu très distinctement le cri lancé par Noiraud : c'était ce nom-là ! Il venait certainement de surprendre cet homme, et il l'a sans doute reconnu grâce à sa lampe électrique...

— Alors, Noiraud et l'oncle Henri doivent être en ce moment chez M. Vadec, dit soudain Annie.

— Mais oui ! s'exclama François. Comment n'y avais-je pas pensé ? Ils ne peuvent être que là. Ah ! j'ai joliment envie d'y aller faire un tour !

— Oh ! je t'en prie, emmène-moi, supplia Claude.

— Certainement pas. Tu sais que l'aventure est assez risquée : M. Vadec est dangereux... Vous, les filles, vous resterez donc ici. Mick viendra avec moi. »

Une flambée de colère passa dans les yeux de Claude.

« Comme tu es méchant, s'écria-t-elle. Est-ce que je ne vaux pas autant qu'un garçon ? Je veux aller avec toi !

— Eh bien, si tu es si sûre de valoir un garçon, riposta François, tu ferais beaucoup mieux de veiller sur Annie et Mariette à notre place. Il ne s'agit pas que l'on vienne les enlever à leur tour...

— Oh ! Claude, ne t'en va pas, pria Annie. Reste ici avec nous !

— Soit, je resterai... D'ailleurs, c'est de la folie que d'aller chez M. Vadec, dit Claude. Vous pensez bien qu'il ne vous laissera pas entrer chez lui, Et même s'il en était autrement, je ne vois pas comment vous pourriez découvrir tous les passages secrets partant de sa maison. Il doit y en avoir autant qu'ici, sinon davantage ! »

François ne pouvait s'empêcher de penser que Claude avait raison. Néanmoins, il persistait à se dire que l'expérience valait d'être tentée.

Dès que le déjeuner fut terminé, les garçons se mirent en route. Mais en arrivant chez M. Vadec, ils trouvèrent la maison fermée. Ils eurent beau frapper et carillonner à la porte, personne ne leur répondit.

Les rideaux étaient tirés derrière les fenêtres closes, et l'on ne voyait pas le moindre filet de fumée sortir de la cheminée.

« M. Vadec est parti en vacances », dit le jardinier, qui était occupé à bêcher les plates-bandes de la maison voisine. « Ce matin même. Il a pris sa voiture. Ses domestiques sont absents également.

— Tiens, fit François, surpris. Y avait-il quelqu'un avec lui, un monsieur et un jeune garçon, par exemple ? »

Le jardinier eut l'air étonné et, secouant la tête, il répondit :

« Non, il était seul et conduisait lui-même.

— Merci, monsieur », dit François. Puis il regagna le Pic du Corsaire en compagnie de Mick. Voilà qui était extraordinaire : M. Vadec avait quitté sa maison sans emmener ses prisonniers ! Qu'en avait-il donc fait ? Et d'ailleurs, pourquoi diable avait-il enlevé l'oncle Henri ? François se rappela à ce propos que M. Lenoir n'avait donné aucune explication sur ce point... En savait-il plus long qu'il n'avait voulu le dire ? Quelle étrange affaire, vraiment !...

Pendant ce temps, Claude avait décidé d'effectuer sa petite enquête. Elle s'était glissée dans la chambre de M. Dorsel, qu'elle avait visitée minutieusement dans l'espoir de découvrir une seconde issue secrète. Elle sonda les murs, releva le tapis pour examiner le parquet centimètre par centimètre. Enfin, elle explora de nouveau la penderie. Ah ! que n'eût-elle donné pour pénétrer dans le passage secret et délivrer enfin Dago ! La porte du bureau était, hélas ! fermée à clef, et Claude ne pouvait se résoudre à solliciter l'aide de M. Lenoir, car il lui eût fallu avouer en même temps la présence de Dago.

Elle allait quitter la chambre lorsqu'elle remarqua quelque chose sur le parquet devant la fenêtre. Elle se baissa pour ramasser l'objet. C'était une petite vis.

« Tiens ! se dit-elle, d'où cela vient-il ? » Et elle regarda autour d'elle.

Tout d'abord, elle ne vit nulle part de vis semblables à celle qu'elle tenait à la main. Mais quand son regard se posa sur le siège encastré dans l'embrasure de la fenêtre, elle constata que la planche de chêne formant banquette était vissée sur les montants auxquels elle s'appuyait.

La vis appartenait-elle à ce siège ? Mais pourquoi serait-elle tombée par terre ? Toutes les autres étaient serrées à fond... Claude se pencha pour mieux les examiner. Soudain, elle poussa une exclamation :

« Il en manque une ! Celle du milieu, sur le côté gauche... Voyons, que je réfléchisse... » Claude songeait à ce qui s'était passé la nuit précédente. Elle se rappelait comment un mystérieux visiteur s'était introduit dans la chambre de son père, alors qu'elle venait de se cacher sous le lit. Et elle le revoyait, penché sur la banquette de chêne ciré près de la fenêtre. Elle croyait entendre encore les petits bruits qui l'avaient intriguée : le heurt léger d'un objet métallique accompagné de menus grincements... Parbleu, c'étaient les vis que l'on serrait sur le dessus du siège !

« Ainsi, l'on est venu fixer cette planche la nuit dernière, et dans l'obscurité, l'une des vis est tombée, se dit Claude, fiévreusement. Mais à quoi rimait tout ceci ? S'agissait-il de cacher quelque chose ? Et qu'y a-t-il au juste sous ce siège ? On dirait qu'il sonne le creux... Pourtant je suis sûre que le dessus ne se soulève pas : il était déjà vissé l'autre jour quand j'ai essayé de l'ouvrir, croyant que cette banquette formait un coffre comme celui que nous avons à la maison... »

Persuadée qu'il y avait là quelque secret, Claude courut chercher un tournevis et revint en toute hâte. Elle s'enferma dans la chambre, pour le cas où Simon aurait eu l'idée de rôder dans les parages. Puis elle se mit à l'œuvre. Qu'allait-elle découvrir sous la banquette ? Ah ! comme il lui tardait de le savoir !

CHAPITRE XVIII

Curieuse découverte

Claude allait s'attaquer à la dernière vis quand on frappa à la porte. Elle sursauta et resta immobile, sans répondre, craignant d'avoir affaire à Simon ou à M. Lenoir.

Mais elle entendit presque aussitôt la voix de François :

« Claude ! Es-tu là ? » demandait-on.

Elle courut ouvrir. Mick et François entrèrent, l'air surpris, suivis d'Annie et de Mariette. Claude referma aussitôt la porte à clef.

« M. Vadec est en voyage, nous avons trouvé sa maison fermée, annonça François. Voilà où nous en sommes... Mais que fais-tu là, Claude ?

— Je dévisse le dessus de cette banquette. » Et elle

raconta ce qu'elle avait découvert. Ses amis l'écoutèrent, surexcités.

« Bravo ! s'écria Mick. Passe-moi le tournevis : je vais finir de dévisser cela.

— Non. C'est mon affaire ! » répliqua Claude.

Quand elle eut retiré la dernière vis, elle souleva l'angle de la planche qui céda et se releva à la manière d'un couvercle. Les enfants regardèrent à l'intérieur. Non sans quelque appréhension. Qu'allaient-ils découvrir ? Mais à leur grande surprise, ils ne virent qu'un coffre vide !

« Eh bien, vrai, quelle déception ! » s'écria Mick. Il laissa retomber le dessus de la banquette puis se tournant vers sa cousine : « Et tu prétends que quelqu'un serait venu ici revisser cette planche ? continua-t-il. Tu as dû rêver

— Non ! » répliqua Claude sèchement.

Elle rouvrit le coffre, et monta dedans sans hésiter. Elle se mit ensuite à sauter et à taper du pied comme pour en éprouver la solidité. Tout à coup, l'on entendit une sorte de déclic suivi d'un grincement, et le fond de la caisse s'abattit brusquement à la manière d'une trappe pivotant sur des charnières.

Claude n'eut que le temps de se rattraper au bord du coffre. Elle demeura ainsi quelques instants, haletante, tandis que ses jambes battaient désespérément dans le vide, puis, aidée par ses amis, elle réussit à se tirer de sa dangereuse position.

Les enfants se penchèrent au-dessus de l'ouverture en silence. Leur regard plongea dans un trou béant, qui s'enfonçait à la verticale jusqu'à une profondeur d'environ trois mètres. Là, le puits semblait s'élargir et rejoignait sans nul doute quelque passage secret relié au réseau de souterrains qui courait sous la colline. Qui sait ? peut-être menait-il directement à la maison de M. Vadec...

« Qui aurait pu se douter de cela ! s'exclama Mick. Je parie que Noiraud lui-même n'en savait rien.

— Si nous descendions ? proposa Claude. Nous verrions où aboutit cette galerie et nous pourrions nous mettre à la recherche de Dago. »

A ce moment, quelqu'un essaya d'entrer dans la chambre, puis, trouvant la porte verrouillée, frappa avec impatience.

« Pourquoi vous êtes-vous enfermés ? Que faites-vous donc ? s'écria une voix irritée. Ouvrez immédiatement !

— C'est papa ! murmura Mariette, épouvantée. Il faut lui ouvrir. »

Claude rabattit le couvercle du coffre sans bruit. Elle ne voulait à aucun prix que M. Lenoir soit mis au courant de sa dernière découverte. Quand il pénétra enfin dans la pièce, il vit les enfants debout près de la fenêtre ou bien assis sur la banquette.

« Je viens d'avoir une longue conversation avec Simon, annonça-t-il, et comme je le prévoyais, il ignore tout de ce qui se passait dans la maison. Il a été complètement abasourdi en apprenant que vous aviez vu des signaux sur la tour. Mais il ne croit pas que M. Vadec soit pour quelque chose dans cette

affaire. A son avis, il s'agirait plutôt d'une sorte de machination dirigée contre moi.

— Ah ! » firent simplement les enfants. Chacun se disait qu'à la place de M. Lenoir, il n'attacherait pas autant de crédit aux paroles du domestique.

« Tout cela a beaucoup ému Simon. Et je l'ai vu si bouleversé que je lui ai permis d'aller se reposer un peu en attendant que nous prenions une décision. »

Les enfants avaient l'impression que Simon n'était pas homme à se laisser émouvoir aussi facilement. Et ils soupçonnèrent qu'il profitait sans doute de l'autorisation accordée par M. Lenoir pour s'esquiver et vaquer à une de ses affaires personnelles.

« J'ai un travail pressé à terminer, dit M. Lenoir. Je viens de téléphoner à la police ; malheureusement le commissaire était sorti. J'ai demandé qu'on me rappelle dès qu'il sera de retour... Et à présent, pouvez-vous me promettre d'être sages en attendant que ma besogne soit terminée ? »

Jugeant que c'était là une question fort ridicule, au regard des circonstances, les enfants se gardèrent de répondre. Alors M. Lenoir eut un brusque sourire, puis il quitta la pièce.

« Je vais aller jeter un coup d'œil dans la chambre de Simon afin de m'assurer qu'il est bien chez lui », déclara François dès que M. Lenoir eut disparu.

Il gagna l'étage où dormaient les domestiques et s'arrêta devant la porte de Simon. Comme elle était légèrement entrebâillée, le garçon n'eut qu'à avancer la tête pour regarder à l'intérieur. Il vit la forme d'un corps couché dans le lit ainsi que la tête brune du serviteur sur l'oreiller. Les rideaux étaient tirés devant la fenêtre pour assombrir la pièce, cependant il y avait assez de lumière pour permettre à François de constater ce qui l'intéressait. Et il se hâta de rejoindre ses compagnons.

« Simon est au lit, annonça-t-il. Nous sommes donc tranquilles pour l'instant. Profitons-en pour explorer ce passage qui part du coffre. Je ne serais pas fâché de voir où il mène !

— C'est cela, descendons ! » approuvèrent les autres avec enthousiasme.

Cependant, ce n'était pas chose aisée que de sauter à près de trois mètres de profondeur sans dommage ! François s'y risqua le premier et atterrit au fond du trou à demi étourdi par la chute. Il appela son frère :

« Mick ! Déniche une corde pour l'attacher là-haut. Tu la laisseras pendre dans le puits et vous pourrez ainsi descendre en vous aidant des pieds et des mains. Pour sauter, il y a de quoi se rompre les os ! »

Déjà, Mick partait à la recherche d'une corde quand François le héla à nouveau :

« Ne t'inquiète pas, tout va bien ! Je viens de m'apercevoir qu'il y a des petites cavités disposées à intervalles réguliers tout le long de la paroi. Il y a juste la place d'y poser le pied ou la main. Vous n'avez qu'à vous en servir pour descendre. »

Suivant le conseil donné par François, les enfants s'engagèrent dans le puits l'un après l'autre en utilisant les anfractuosités de la muraille comme les barreaux d'une échelle. Jouant de malchance, Claude manqua une prise, puis une autre. Elle ne put se rattraper et atterrit brutalement au fond, mais sans autre dommage qu'un choc assez rude.

Ainsi que les enfants l'avaient deviné, le puits n'était que le point de départ d'un nouveau passage secret. Mais celui-ci se terminait quelques mètres plus loin par un escalier qui descendait dans les profondeurs du sol, pour s'achever bien au-dessous du niveau de la maison. Là, on aboutissait à une sorte de carrefour où se rencontraient plusieurs galeries. François qui, jusque-là, guidait la colonne, s'arrêta.

« Halte ! dit-il. Impossible d'aller plus loin : nous nous égarerions. Noiraud n'est pas là pour nous montrer le chemin. Il serait extrêmement dangereux de nous engager dans ce dédale à l'aventure.

— Ecoutez ! fit brusquement Mick, à voix basse. Voilà quelqu'un ! »

On distinguait un bruit de pas dans l'une des galeries s'ouvrant sur la gauche. Les enfants se rejetèrent vivement dans le passage secret par lequel ils étaient venus. François éteignit sa lampe et ils attendirent, blottis dans l'ombre, le cœur battant.

Quelques instants plus tard, deux hommes débouchèrent dans le carrefour, annoncés par la lueur dansante de leur lanterne. L'un était grand et maigre, l'autre... l'autre ressemblait à Simon ! Si ce n'était pas lui, c'était quelqu'un qui lui ressemblait.

Tous deux parlaient à voix basse... Comment, dans ces conditions, eût-il pu s'agir de Simon ? N'était-il pas atteint de surdité complète ? Et puis, de toute façon, il dormait dans sa chambre : François l'avait constaté à peine dix minutes auparavant. Claude en venait à se demander cette fois encore si le serviteur de M. Lenoir n'avait pas par hasard un sosie...

Les hommes s'engagèrent dans une autre galerie, et la lumière des deux lanternes disparut peu à peu, tandis que l'écho assourdi de leurs voix parvenait encore aux enfants.

« Si nous les suivions ? proposa Mick.

— Oh ! non ! ce serait une folie, dit François aussitôt. Nous risquerions de les perdre et de nous perdre, nous-mêmes ! Et puis, suppose qu'ils décident brusquement de revenir sur leurs pas et qu'ils nous découvrent : ce serait terrible !

— Moi, je suis certaine que le premier de ces deux hommes était M. Vadec, fit Annie tout à coup. Je n'ai pas très bien vu sa figure ; sa lanterne se balançait et ne l'éclairait pas beaucoup, mais il ressemblait vraiment à M. Vadec..., immense, et avec cela, maigre comme un coucou !

— Tu sais bien que M. Vadec est en voyage, objecta Mariette.

— C'est-à-dire qu'il est censé l'être ! fit Claude.

Sans doute est-il déjà revenu..., en supposant qu'Annie ait raison. Mais je me demande où se rendaient ces deux bonshommes... Qui sait ? peut-être allaient-ils rejoindre mon père et Noiraud ?

— C'est fort probable, déclara François. Venez, à quoi bon s'éterniser ici ? Il ne faut pas songer à s'engager plus avant dans les souterrains. A en croire Noiraud, certaines galcries s'étendent sur plusieurs centaines de mètres. Elles se croisent, se coupent et se recoupent en maints endroits, montent d'un côté, redescendent de l'autre, décrivent parfois un cercle complet. Il en est qui s'enfoncent jusqu'au niveau du marais... Si nous nous égarions, jamais nous ne pourrions sortir de ce labyrinthe ! »

Les enfants firent demi-tour et, après avoir gravi l'escalier, regagnèrent leur point de départ. Ils n'eurent pas grand mal à se hisser jusque dans la chambre de M. Dorsel, grâce aux prises ménagées dans la paroi du puits.

C'est avec joie qu'ils se retrouvèrent devant la fenêtre ouverte par laquelle le soleil pénétrait à flots. Au-dehors, cependant, l'étendue des marais commençait à se voiler de brume, alors que le sommet du Rocher Maudit rayonnait encore, baigné de lumière.

Au bout d'un instant, François ramassa le tournevis et dit, en baissant le couvercle du coffre :

« Je vais remettre les vis. Comme cela, Simon ne pourra deviner que nous avons découvert un nouveau passage secret. Je suis à peu près certain qu'il avait dévissé le dessus de cette banquette afin de permettre à M. Vadec de pénétrer ici. Et ensuite, il sera venu le revisser. Ainsi, personne n'aurait soupçonné ce qui s'était passé. »

Il se mit rapidement à la besogne, puis, celle-ci terminée, il regarda sa montre.

« On ne va pas tarder à déjeuner, dit-il. J'ai une faim... Ah ! comme je voudrais que Noiraud soit ici, et l'oncle Henri aussi. Pourvu qu'il ne leur soit rien

arrivé de sérieux et que, de son côté, Dagobert ne pâtisse pas trop, non plus... Je me demande si notre Simon est toujours au lit, ou bien s'il se promène vraiment dans les souterrains ! Je vais retourner voir dans sa chambre. »

Le garçon revint quelques minutes plus tard, toujours perplexe.

« Pas de doute, il est bien chez lui, déclara-t-il. C'est tout de même bizarre... »

Simon ne parut pas au déjeuner, et Renée expliqua qu'il avait prié qu'on ne le dérange point.

« Il est sujet à des migraines épouvantables, dit-elle. Peut-être ira-t-il mieux dans l'après-midi... »

Elle brûlait manifestement de l'envie de commenter les mystérieux événements de la nuit précédente, mais les enfants étaient résolus à ne lui parler de rien. Elle était fort gentille avec eux et ils avaient pour elle une réelle affection, mais il leur semblait impossible de se fier à quiconque au Pic du Corsaire. Aussi Renée ne put-elle obtenir le moindre renseignement, ce qui lui causa un extrême dépit.

Après le déjeuner, François décida d'avoir un entretien avec le père de Noiraud. Il estimait en effet qu'à défaut du commissaire de police, il était indispensable qu'une autre personne soit au courant de la situation. Son inquiétude au sujet des deux disparus ne faisait que croître, et il en venait à se demander si son hôte n'avait pas invoqué une prétendue absence du commissaire pour gagner du temps.

M. Lenoir parut fort contrarié lorsqu'il vit entrer François dans son bureau.

« C'est donc toi ! s'écria-t-il. J'attendais Simon. Voici plus de dix minutes que je l'ai demandé ! Je me demande pourquoi il ne descend pas... Je veux l'emmener avec moi au commissariat de police. »

« Enfin ! » songea François. Et il poursuivit à voix haute : « Je vais aller lui dire qu'il se dépêche. »

Il monta l'escalier quatre à quatre, puis courut jusqu'au couloir réservé aux domestiques. Et sans s'arrêter, il poussa la porte de Simon.

Celui dormait encore ! Surpris, François l'appela à haute voix. Mais se rappelant soudain que l'homme était sourd, il s'approcha du lit et posa la main assez rudement sur l'épaule qui émergeait des couvertures.

L'étrangeté du contact trop mou le surprit. Il retira vivement sa main et se pencha pour examiner le dormeur. Alors, il ne put retenir un cri de surprise.

Il n'y avait personne dans le lit ! Rien d'autre qu'un gros ballon, que l'on avait badigeonné de noir pour qu'il ressemble à une tête brune enfouie à demi sous les couvertures. Et lorsque François rejeta celles-ci, il vit à la place de Simon un énorme traversin !

« Voilà donc le tour que joue Simon quand il veut s'absenter à l'insu de ses maîtres, s'écria-t-il. C'était donc bien lui qui rôdait dans les souterrains ce matin, et que Claude a aperçu hier chez M. Vadec ! Il n'est pas plus sourd que moi... Mais c'est un redoutable bandit : habile, rusé, et prêt à tout ! »

CHAPITRE XIX

Le plan de M. Vadec

Qu'était-il advenu de Noiraud et de M. Dorsel ?

Bâillonné, puis chloroformé par M. Vadec, l'oncle Henri s'était trouvé incapable de se défendre ni d'appeler à l'aide. Aussi, avait-il été facile à son ravisseur de le transporter dans le coffre encastré sous la fenêtre et de le laisser tomber à l'intérieur. Puis était venu le tour de l'infortuné Noiraud, et M. Vadec s'était hâté de rejoindre ses victimes au fond du puits en s'aidant des cavités ménagées dans les parois.

Quelqu'un l'attendait dans le passage secret, prêt à l'aider. Ce n'était pas Simon, que l'on avait chargé de revisser le dessus de la banquette, afin que personne ne puisse deviner comment avaient disparu les victimes. L'homme était l'un des serviteurs de M. Vadec, remarquable par sa mine patibulaire.

« J'ai été obligé d'amener aussi ce gamin, dit M. Vadec. Il était en train de fureter dans la chambre d'Henri Dorsel... Et, à présent, c'est ce brave M. Lenoir qui va être surpris ! Tant mieux : cela lui apprendra à comploter contre moi ! »

Les deux hommes transportèrent leurs prisonniers jusqu'à l'entrée des souterrains. Alors, M. Vadec s'arrêta et, tirant de sa poche une pelote de ficelle, il la lança à son serviteur.

« Tenez, dit-il attachez l'extrémité à ce clou, et puis vous laisserez se dérouler la ficelle à mesure que nous avancerons. En ce qui me concerne, je connais parfaitement le chemin, mais ce n'est pas le cas de Simon. Or c'est lui qui demain viendra ravitailler nos deux amis, et je ne tiens pas à ce qu'il se perde en route ! Nous laisserons la pelote à quelque distance de l'endroit où je les emmène afin qu'ils ne puissent pas la trouver et grâce à elle s'échapper des souterrains... »

Le domestique exécuta scrupuleusement la consigne. M. Vadec avait trouvé là un moyen ingénieux d'éviter tout accident et toute erreur, car il était fort dangereux de circuler dans ces galeries souterraines dont certaines s'étendaient sur plus d'un kilomètre.

Au bout d'une dizaine de minutes, la colonne déboucha dans une petite salle circulaire légèrement en retrait d'une galerie. On y avait installé un banc et des couvertures, une caisse en guise de table et sur celle-ci une cruche pleine d'eau. C'était tout.

Noiraud, cependant, commençait à se remettre du coup qu'il avait reçu. Il reprenait ses sens peu à peu. Mais M. Dorsel était toujours sans connaissance.

« Inutile de chercher à lui parler pour l'instant, dit M. Vadec. Il faut attendre à demain qu'il ait retrouvé ses esprits. Nous reviendrons le voir et j'amènerai Simon. »

Les hommes, qui avaient d'abord déposé M. Dorsel sur le banc, allongèrent Noiraud sur le sol. Puis ils s'apprêtèrent à s'éloigner sans plus de façon. Soudain, le garçon se redressa et porta la main à son front, que traversaient des élancements douloureux. Il ne pouvait comprendre ce qui lui était arrivé, ni où il se trouvait. Mais comme il relevait les yeux, il découvrit M. Vadec. Alors, la mémoire lui revint d'un seul coup. Cependant, il continuait à se demander comment il était venu dans cette cave obscure.

« Monsieur Vadec ! s'écria-t-il. Que signifie tout ceci ? Pourquoi avez-vous essayé de m'assommer et dans quel but m'avez-vous amené ici ?

— C'est la punition que j'inflige aux jeunes garçons qui veulent mettre le nez dans ce qui ne les regarde pas ! répondit M. Vadec d'un ton sarcastique. Tu tiendras compagnie à notre ami qui dort là, sur le banc. J'ai bien peur qu'il ne s'éveille pas avant demain matin. Tu pourras lui raconter ton histoire et lui dire que je reviendrai le voir. Je voudrais avoir avec lui une petite conversation à cœur ouvert... Naturellement, il serait de la dernière imprudence de t'en aller à l'aventure par ces souterrains. Je vous ai amenés dans l'un des moins connus. Si tu tiens à te perdre, rien de plus facile : tu n'as qu'à partir au hasard et l'on n'entendra plus parler de toi ! »

Noiraud était devenu blanc comme un linge. Il n'ignorait pas, en effet, combien il était dangereux de s'engager dans certaines vieilles galeries dont le secret était depuis longtemps perdu. Et celle où il se trouvait avec M. Dorsel lui était inconnue...

Noiraud allait interroger encore M. Vadec quand celui-ci fit brusquement demi-tour, ramassa la lanterne posée sur le sol, et s'éloigna avec son complice. Se voyant ainsi abandonné dans l'obscurité, le garçon poussa une exclamation. « Oh ! les lâches ! » s'écria-t-il. Puis il héla ses ravisseurs : « Dites donc, vous ne pourriez pas me laisser de la lumière ! »

Mais son appel demeura sans réponse. Le bruit des pas s'éloigna puis s'éteignit. Tout n'était plus désormais qu'ombre et silence.

Noiraud fouilla dans sa poche, pensant y trouver sa

lampe électrique. Hélas, il se rappela qu'il l'avait laissée tomber sur le parquet de son ancienne chambre.

C'est à tâtons qu'il se rapprocha du banc et chercha le père de Claude. Comme il aurait voulu que celui-ci s'éveille ! C'était une impression si affreuse que de se sentir seul dans ces ténèbres. Sans compter qu'il faisait aussi très froid !

Le garçon, se glissa sous les couvertures auprès de l'homme endormi. L'on entendait quelque part de l'eau qui tombait goutte à goutte. Très vite, le bruit devint exaspérant, bien que Noiraud sût parfaitement de quoi il s'agissait : ce n'était que l'humidité suintant de la voûte d'une galerie. Toc... toc... toc... Il avait l'impression de ne pouvoir en supporter davantage.

« Je vais réveiller le père de Claude, se dit-il avec désespoir. Il faut absolument que je parle à quelqu'un ! »

Il se mit à secouer son compagnon, tout en se demandant comment faire pour le réveiller plus vite. Soudain, il se rappela que ses amis l'appelaient toujours oncle Henri. Alors, se penchant sur M. Dorsel, il cria à son oreille :

« Oncle Henri ! Je vous en supplie, écoutez-moi ! Oncle Henri ! »

M. Dorsel bougea enfin. Il ouvrit les yeux dans l'obscurité et, dans une demi-conscience, perçut la voix angoissée qui lui parlait :

« Oncle Henri ! Réveillez-vous et dites-moi quelque chose. J'ai peur ! »

Au travers des brumes qui lui obscurcissaient l'esprit, M. Dorsel songea confusément à Mick et à François. Sans doute était-ce l'un d'eux qui l'appelait en ce moment. D'instinct, il passa son bras autour de Noiraud et l'attira près de lui.

« Mais non, François, ce n'est rien. Dors, dit-il. Qu'y a-t-il donc, mon petit ? Dors... »

A peine achevait-il ces mots que lui-même retombait dans un sommeil de plomb, car il était encore sous l'influence du narcotique que lui avait administré son ravisseur. Pourtant, Noiraud se sentait réconforté. Il ferma les yeux à son tour, persuadé que jamais il ne réussirait à s'endormir. Mais quelques instants plus tard, il était assoupi. Il dormit à poings fermés toute la nuit et ne se réveilla qu'en sentant l'oncle Henri s'agiter sur le banc.

M. Dorsel constata non sans surprise que son matelas lui semblait beaucoup moins confortable qu'à l'habitude, mais son étonnement ne connut plus de bornes lorsqu'il s'aperçut de la présence de Noiraud à ses côtés. Il ne se souvenait en effet de rien. Complètement désorienté, il étendit le bras pour allumer sa lampe de chevet. La main qui cherchait l'interrupteur ne rencontra que le vide.

« Voilà qui est extraordinaire », se dit-il.

Alors, il explora l'espace autour de lui, à tâtons. Soudain, ses doigts touchèrent le visage de Noiraud.

« Qui est-ce ? » se demanda-t-il, de plus en plus perplexe. Il se sentait en même temps fort mal à l'aise, la tête vide, la bouche sèche et amère. Que s'était-il donc passé ?

Avec précaution, le père de Claude avança le pied. →

« Oncle Henri ! si vous saviez comme je suis heureux que vous soyez enfin réveillé ! fit soudain une voix d'enfant. J'espère que vous ne m'en voudrez pas de vous appeler oncle Henri, comme le font Mick et François...

— Mais qui êtes-vous ? » s'écria M. Dorsel, abasourdi.

Noiraud se mit à tout raconter. L'oncle Henri écouta le récit avec une immense stupéfaction.

« Enfin, pourquoi diable nous a-t-on enlevés de la sorte ? s'exclama-t-il, furieux. Je n'ai jamais rien vu d'aussi extravagant !

— Je n'en ai pas la moindre idée en ce qui vous concerne, répondit Noiraud. Quant à moi, je sais que M. Vadec m'a emmené parce que je l'avais surpris. Il doit revenir ce matin, avec Simon, pour parler avec vous. Nous sommes malheureusement obligés de l'attendre, car il ne faut pas songer à retrouver notre chemin dans ces souterrains. D'ailleurs, nous n'avons même pas de lampe ! »

Le temps passa. Enfin M. Vadec parut, suivi de Simon. Ce dernier apportait quelques provisions destinées aux prisonniers.

« Bandit ! » s'exclama Noiraud dès qu'il reconnut le domestique à la lueur de la lanterne. « Comment osez-vous tremper dans pareille affaire ? Attendez un peu que mon père soit au courant, et vous verrez !

— La paix ! gamin », jeta Simon, rageur.

Noiraud le regarda avec stupéfaction.

« Ainsi, c'était donc vrai : vous entendez parfaitement ! dit-il. Et vous avez toujours feint d'être sourd... Que de secrets vous avez dû surprendre !... Vous n'êtes qu'un hypocrite et un bandit !

— Corrige-le, Simon », conseilla M. Vadec. Et s'asseyant tranquillement sur une caisse, il poursuivit : « Si cela peut te faire plaisir, ne te gêne pas. Moi, je n'ai pas de temps à perdre avec un chenapan de cette espèce.

— Je m'en charge », fit Simon, d'un ton sinistre. Il détacha une corde qu'il portait enroulée autour de sa taille et la montra à Noiraud : « Regarde, vaurien, continua-t-il, je vais enfin pouvoir t'administrer la correction que je te dois depuis longtemps ! »

Le garçon prit peur. Il se leva d'un bond pour faire front à l'adversaire, et il se mit en garde, les poings serrés, comme un boxeur.

« Attends, Simon, dit M. Vadec. Laisse-moi d'abord parler à notre autre prisonnier. Ensuite tu corrigeras ce gamin comme il le mérite. Ainsi, il aura le plaisir d'attendre que tu t'occupes de lui... »

L'oncle Henri écoutait avec calme, mais sans quitter M. Vadec des yeux. Enfin, il prit la parole :

« Vous me devez une explication pour votre conduite insensée, dit-il d'un ton sévère. J'exige que vous me rameniez immédiatement au Pic du Corsaire. Et vous aurez quelques comptes à rendre à la police, je vous le garantis !

— Pas du tout, répliqua M. Vadec d'une voix mielleuse. J'ai une offre très généreuse à vous faire... Figurez-vous que je connais le but de votre visite chez M. Lenoir, la raison pour laquelle vous prenez un tel intérêt à ses expériences et lui aux vôtres.

— Comment le savez-vous ? Vous nous avez donc fait espionner !

— C'était Simon qui s'en chargeait ! » s'exclama Noiraud, indigné.

M. Vadec feignit de n'avoir pas entendu son intervention, et il reprit, s'adressant à l'oncle Henri :

« A présent, cher monsieur, je vais vous exposer ce dont il s'agit. On a déjà dû vous dire que j'étais contrebandier : c'est exact, et ce métier me rapporte beaucoup. Il est si facile de se livrer à la contrebande dans ce pays-ci : aucun douanier ne s'est jamais risqué dans les parages du marais et nul ne peut empêcher mes hommes de le traverser par les rares sentiers que je suis à peu près seul à connaître. Les nuits de pleine lune, j'envoie des signaux convenus... En réalité, c'est

Simon qui s'en charge. Il monte pour cela au sommet de la tour qui domine le Pic du Corsaire et...

— Ainsi, c'était bien lui ! coupa Noiraud.

— Ensuite, c'est le transport des marchandises à dos d'hommes par les sentiers du marais. Je les écoule un peu plus tard, quand l'occasion est favorable, et en prenant toutes sortes de précautions. Voilà pourquoi il est impossible à quiconque de m'accuser formellement : on n'a aucune preuve contre moi.

— Pourquoi me racontez-vous cela ? dit M. Dorsel d'un ton méprisant. Vos histoires ne m'intéressent pas. Mon projet ne vise qu'à l'assèchement du marais, que m'importe la contrebande qui s'y livre !

— Justement, mon cher ami ! C'est là ce que j'ai appris. J'ai même pu consulter vos plans et lire le compte rendu de vos expériences... Mais savez-vous que la réussite de votre entreprise sonnerait le glas de ma propre affaire ! On bâtirait des maisons et des routes sur le terrain asséché, les brouillards y seraient moins denses : ce serait la fin de mon métier ! Qui sait ? Peut-être même construirait-on un petit port ? Et mes bateaux ne pourraient plus se glisser le long de la côte pour décharger en secret leurs cargaisons inestimables. Non seulement je perdrais mon argent, mais c'en serait fait du risque et de l'aventure qui, pour moi, valent bien plus que la vie elle-même !

— Vous êtes fou à lier ! » s'écria M. Dorsel.

Le père de Claude avait raison : M. Vadec n'était pas un homme comme les autres. A une époque où la contrebande avait pratiquement disparu, il se flattait d'y être fort habile. C'était pour lui une joie de savoir que ses petites embarcations perdues dans la brume s'avançaient vers la côte. Il aimait aussi songer à ces hommes qui traversaient le marais, en file indienne sur d'étroits sentiers, apportant la contrebande.

« Vous auriez dû vivre il y a cent ans, au moins ! » s'exclama Noiraud, convaincu lui aussi de la folie de M. Vadec. « Vous n'appartenez pas à notre époque ! »

M. Vadec se retourna. Ses yeux luisaient d'un éclat inquiétant à la lueur de la lanterne.

« Si tu dis encore un mot, je te jette dans le marais ! » s'écria-t-il d'une voix menaçante.

Noiraud sentit un frisson lui passer entre les épaules. Il venait de comprendre que M. Vadec ne parlait pas à la légère. C'était un homme dangereux. L'oncle Henri, qui en avait également conscience, semblait sur ses gardes et ne le lâchait pas du regard.

« Qu'ai-je à voir avec tout ceci ? demanda-t-il. Pourquoi m'avez-vous enlevé ?

— Je sais que M. Lenoir a l'intention d'acheter vos plans pour l'assèchement du marais. Je sais également qu'il les utilisera et qu'il espère faire fortune en vendant les terres drainées et reprises à la mer. Pour l'instant, il est en effet l'unique propriétaire de cette immense étendue inutilisée et inutilisable, sauf par moi ! Seulement, je vous annonce que c'est moi qui vais acheter vos plans, à la place de M. Lenoir !

— Et vous assécheriez vous-même le marais ? » fit M. Dorsel, étonné.

M. Vadec eut un petit rire méprisant.

« Non, cher monsieur. Quand je serai en possession de vos papiers, je les brûlerai ! Ils seront à moi, mais je ne les utiliserai pas. Le marais restera ce qu'il est : mystérieux, interdit, noyé dans la brume, et dangereux pour tout le monde, sauf pour mes hommes et pour moi... Alors, cher ami, quel est votre prix ? Vous me signerez ensuite ce document que j'ai préparé et par lequel vous déclarez me céder l'entière propriété de tous vos plans et projets ! »

Il brandit une grande feuille de papier sous les yeux de M. Dorsel. Noiraud suivait la scène, haletant d'émotion. L'oncle Henri s'empara du papier, puis le déchira posément en petits morceaux qu'il jeta au visage de M. Vadec.

« Sachez, s'écria-t-il, que je ne passe jamais de marché avec les fous, ni avec les fripouilles ! »

CHAPITRE XX

Dagobert

M. Vadec pâlit affreusement, tandis que Noiraud s'exclamait avec enthousiasme :

« Bravo, oncle Henri ! Bien joué ! »

Avec un cri de rage, Simon se rua sur le garçon et, l'empoignant par l'épaule, il leva sa corde à bout de bras pour le frapper.

« C'est cela, approuva M. Vadec d'une voix sifflante. Règle donc son compte à ce gamin. Après, ce sera le tour de l'autre : un fieffé imbécile, et qui ne veut rien entendre !... Mais nous ne tarderons pas à les mettre à la raison : une bonne correction, quelques jours passés dans l'obscurité, sans manger... tu verras que cela suffira à les rendre plus compréhensifs ! »

Effrayé par le tour que prenaient les choses, Noiraud poussa un cri strident. M. Dorsel se leva d'un bond, mais au même instant, la corde s'abattit avec force sur les épaules de Noiraud, qui ne put retenir un hurlement de détresse.

Tout à coup, l'on entendit le bruit d'une course rapide. Prompte comme l'éclair, une masse confuse surgit d'une galerie et se jeta sur Simon. Celui-ci lâcha un gémissement de douleur et, chancelant sous l'attaque imprévue, il renversa la lanterne qui éclairait la scène. La lumière s'éteignit.

Dans l'ombre résonnaient des grognements furieux, tandis que Simon luttait désespérément contre l'assaillant qui s'attachait à lui et le harcelait sans pitié.

« Vadec ! A moi ! » hurlait-il.

Son complice voulut s'élancer à son secours, mais l'ennemi invisible l'attaqua à son tour. Noiraud et M. Dorsel écoutaient, pétrifiés. A leur surprise extrême se mêlait quelque crainte. Quelle créature inconnue était ainsi survenue sans crier gare dans le souterrain ? Se jetterait-elle aussi sur eux ? S'agissait-il d'une bête féroce réfugiée dans ce labyrinthe ?

Soudain, le monstre donna de la voix et, contre toute attente, ce fut une série d'aboiements frénétiques qui retentit et se répercuta le long des galeries souterraines. Noiraud poussa un cri de joie.

« Dago, c'est donc toi ! s'écria-t-il. Hardi, mon bon chien, vas-y ! Mords-le, mords-le bien ! »

Epouvantés, les deux bandits ne se défendaient que fort mal contre un adversaire aussi décidé et aussi vaillant que Dagobert. Et ils s'enfuirent bientôt à toutes jambes, en s'efforçant de ne pas s'écarter de la corde qu'ils avaient tendue le long des galeries pour se guider. Dago s'élança joyeusement à leurs trousses et prit un extrême plaisir à leur donner la chasse quelques instants. Puis il s'en revint, très satisfait de lui-même, auprès de Noiraud et de M. Dorsel.

On lui fit un accueil délirant. Le père de Claude n'en finissait plus de le caresser, tandis que Noiraud lui passait les bras autour du cou pour le flatter et l'embrasser.

« Comment es-tu venu jusqu'ici ? Tu as donc réussi à sortir du passage où nous t'avions laissé ? Mon pauvre vieux..., tu dois être mort de faim ! Tiens, regarde, voici de quoi manger... »

Sans se faire prier, Dago accepta l'invitation et déjeuna de bon cœur. Il avait bien réussi à attraper quelques rats dans le souterrain, les jours précédents, mais ce n'avait été pour lui qu'une maigre chère. Heureusement, il avait trouvé de minces filets d'eau suintant le long des galeries et les avait léchés pour apaiser sa soif. Mais s'il n'avait pas réellement souffert du manque de nourriture, il avait connu l'angoisse et le désarroi de l'être qui se voit subitement séparé de tout ce qu'il aime. Que signifiait donc cet isolement prolongé où le laissaient ses amis, et pourquoi sa chère maîtresse n'avait-elle pas reparu ? Jamais encore, il n'était resté séparé d'elle aussi longtemps !

« Oncle Henri, fit soudain Noiraud, ne pensez-vous

pas que Dago serait capable de nous ramener au Pic du Corsaire ? Il retrouverait sûrement le chemin ! »

Le jeune garçon se tourna vers Dagobert et, détachant ses mots, il lui dit d'un ton ferme :

« En route, mon vieux ! Conduis-nous à la maison. Tu entends ? A la maison : pour rejoindre Claude ! »

Dago écoutait, les oreilles dressées. Puis il courut faire un petit tour dans la galerie par laquelle étaient venus Simon et M. Vadec. Mais il revint bientôt, l'air penaud : il n'avait aucune envie de s'engager dans cette direction, où son flair l'avertissait que des ennemis le guettaient peut-être. Les deux brigands n'étaient certes pas des gens à abandonner aussi facilement la partie !

Mais Dago connaissait bien d'autres chemins que celui-là parmi tous ceux qui parcouraient les profondeurs du Rocher Maudit. Il n'hésita pas davantage : il se mit en route dans l'obscurité, entraînant avec lui le père de Claude, qui l'avait pris par son collier, tandis que Noiraud emboîtait le pas, cramponné à la manche de M. Dorsel.

Le parcours était fort malaisé, et l'oncle Henri finissait par se demander si Dago savait vraiment où il allait... On descendait, par une galerie en pente qui semblait interminable. On trébuchait à chaque instant sur le sol inégal, et l'on se cognait parfois la tête à l'improviste contre la voûte du passage, brusquement surbaissée. Enfin l'épreuve était particulièrement désagréable pour M. Dorsel qui marchait pieds nus, en pyjama, une couverture jetée sur les épaules.

Les fugitifs atteignirent enfin le terme de leur expédition et, débouchant de la galerie ils se retrouvèrent au bas de la colline. Devant eux, s'étendait le marais, déjà ouaté de brume. Le site était désolé, l'immensité déserte, et pas plus Noiraud que l'oncle Henri ne savait de quel côté se diriger.

« Bah ! nous n'avons qu'à nous en remettre à Dago, déclara Noiraud. Il connaît le chemin pour regagner la ville. Et là, nous n'aurons plus aucun mal à retrouver le Pic du Corsaire ! »

Mais à peine Noiraud avait-il prononcé. ces mots que Dago s'arrêta net. A la surprise des fugitifs, il se mit à gémir d'une voix lamentable. Penaud, la queue entre les jambes, il refusa d'avancer plus avant. Qu'y avait-il donc ?

Soudain, il lança un bref aboiement, fit demi-tour et, abandonnant ses deux amis, se précipita dans la galerie qu'il venait de quitter.

« Ici, Dago ! hurla Noiraud. Reviens ! Tu ne vas tout de même pas nous abandonner !... Dago ! »

Mais Dagobert avait disparu. Noiraud et M. Dorsel se regardèrent, muets de stupeur, incapables de comprendre la raison de ce qui s'était passé.

« Cette fois, dit l'oncle Henri, nous n'avons plus qu'à nous débrouiller nous-mêmes... Allons, il faut d'abord que nous essayions de franchir cette languette de terrain marécageux qui est devant nous. Plus loin, nous trouverons sans doute un sentier. »

Avec précaution, le père de Claude avança le pied afin de tâter le sol et de s'assurer qu'il était assez sûr. Mais il se rejeta vivement en arrière : la vase cédait à la pression !

Le brouillard s'épaississait si rapidement qu'il était à présent impossible de rien distinguer à plus de quelques mètres. Derrière les fugitifs, s'ouvrait l'entrée de la galerie par laquelle les avait guidés Dago. Au-dessus, le flanc de la colline s'élevait à pic, dressé comme une haute falaise. Aucun sentier ne passait de ce côté, c'était bien certain. Aussi ne restait-il qu'à contourner le pied du Rocher Maudit pour rejoindre la route en lacet menant à la ville. Malheureusement on n'y pourrait accéder qu'après avoir traversé la languette de terrain marécageux...

« Asseyons-nous, proposa Noiraud. Et attendons un peu pour voir si Dago va revenir. »

Ils s'installèrent sur un gros rocher à l'entrée de la galerie, guettant le moindre bruit susceptible d'annoncer le retour de leur ami. Cependant, Noiraud se prit à penser à ses camarades restés au Pic du Corsaire. Il imaginait leur stupéfaction en constatant sa disparition et celle de M. Dorsel.

« Je me demande ce qu'ils font en ce moment, se disait-il. Ah ! que ne donnerais-je pas pour le savoir ! »

Claude et ses compagnons n'étaient certes pas demeurés inactifs. Après la découverte de l'issue secrète par laquelle M. Vadec avait emmené ses prisonniers, ils avaient exploré le souterrain auquel elle donnait accès. Et c'est là qu'ils avaient vu le bandit en compagnie de Simon, son complice !

Ils avaient également découvert le stratagème qu'utilisait le domestique pour empêcher que l'on remarque ses fugues : son traversin et un gros ballon, disposés dans son lit à la manière d'un mannequin, simulaient un homme profondément endormi...

Et à présent, tous réunis dans le bureau de M. Lenoir, c'était auquel des enfants parlerait le premier pour raconter ce qu'ils avaient appris. Il ne fallut pas longtemps à M. Lenoir pour se convaincre que, bien loin d'être le fidèle serviteur qu'il paraissait, Simon n'était en réalité qu'un vulgaire espion, installé au Pic du Corsaire par M. Vadec !

Dès que François eut compris que l'opinion de M. Lenoir était faite à ce sujet, il s'exprima plus librement, n'hésita plus à mettre son hôte au courant des événements de la journée.

« Vraiment ! s'exclama M. Lenoir quand François eut terminé son récit, Vadec est fou à lier ! Je l'avais toujours trouvé un peu bizarre, mais il faut qu'il ait perdu la raison pour avoir machiné cet enlèvement. Et Simon est aussi insensé que lui !... Ma parole, il s'agissait d'un véritable complot : ces deux gredins avaient dû apprendre les projets de M. Dorsel. Ils ont voulu les empêcher d'aboutir, afin que ne soient pas compromises leurs fructueuses affaires de contrebande. Dieu sait ce qu'ils auront été capables de faire... Tout ceci est fort grave.

— Ah ! si seulement Dagobert était ici ! » s'écria Claude brusquement.

M. Lenoir regarda la fillette, ébahi.

« Qui est Dagobert ? demanda-t-il.

— Ma foi, monsieur, répondit François, autant tout vous dire à présent... »

Et il révéla la présence de Dagobert au Pic du Corsaire.

M. Lenoir parut fort contrarié.

« C'est une histoire ridicule, fit-il sèchement. Si vous m'aviez dit ce qu'il en était, je me serais arrangé pour mettre cet animal dans une maison du voisinage. J'ai horreur des chiens et pour rien au monde je n'en veux chez moi, mais je n'aurais pas mieux demandé que de trouver une solution au problème... »

Ces paroles plongèrent les enfants dans la confusion. Et ils regrettèrent leur attitude envers M. Lenoir. Sans doute était-il quelque peu bizarre, avec ses manies et ses brusques colères, mais ce n'était nullement le méchant homme qu'ils avaient imaginé.

« Oh ! monsieur, je voudrais tant délivrer Dagobert, dit Claude. Peut-être pourrions-nous essayer pendant que vous téléphonez à la police... Le passage secret a une seconde issue qui s'ouvre ici, dans votre bureau...

— Ah ! je comprends, s'exclama M. Lenoir. Voilà pourquoi je t'ai surpris dans cette pièce ! Eh bien, je ne vois aucun inconvénient à ce que tu libères ton chien, à condition que tu ne le laisses pas s'approcher de moi. »

Sur ces mots, il s'en alla téléphoner dans le vestibule, suivi de Mme Lenoir, dont les yeux étaient rougis par les larmes.

« Vite, ouvrons le panneau, s'écria Claude dès qu'elle se retrouva seule avec ses amis. Dans le passage, nous nous mettrons tous à appeler et à siffler Dago. Comme cela, il nous entendra sûrement, même s'il est à l'autre extrémité ! »

Refaisant les mêmes gestes qu'ils avaient vu accomplir à Noiraud, les enfants manœuvrèrent sans difficulté la porte à secret et, quelques instants plus tard, ils s'engouffraient l'un après l'autre par l'issue béante. Mais ils eurent beau explorer l'étroite galerie qui menait à la chambre de Noiraud, ils ne trouvèrent aucune trace de Dago ! Cependant, Claude fut la première à revenir de sa surprise :

« Vous souvenez-vous de ce qu'avait dit un jour Noiraud ? Ce passage aurait une autre issue dans la salle à manger... Et justement, j'ai bien cru apercevoir une porte quand nous y sommes passés tout à l'heure. Dago a très bien pu s'en aller par là et, qui sait ? peut-être découvrir une autre galerie. »

Les enfants revinrent alors sur leurs pas et, à l'endroit qu'avait indiqué leur compagne, ils découvrirent une petite porte dérobée se confondant presque avec le mur. Claude la poussa. Elle céda aisément, puis se referma toute seule, avec un léger déclic : elle ne s'ouvrait manifestement que d'un seul côté.

« Voilà par où est passé Dago ! dit Claude. Et il n'a pu revenir. Venez, il faut le retrouver. »

La porte franchie, les enfants s'engagèrent dans une nouvelle galerie, un peu moins étroite. Soudain, le sol commença à prendre de la pente. François, se retourna vers ses compagnons et leur dit :

« J'ai l'impression que nous n'allons pas tarder à rejoindre le souterrain que nous empruntions pour emmener Dago en promenade. Mais oui, tenez : voici le puits qui part de la chambre ! »

Ils continuèrent d'avancer, appelant et sifflant Dago de toutes leurs forces. Mais c'était en vain. Aussi Claude ne tarda-t-elle pas à s'inquiéter.

« Regardez, s'écria Mick tout à coup, on dirait que nous sommes à présent dans cette galerie à laquelle on accédait par le coffre sous la fenêtre d'oncle Henri ! Mais oui, c'est bien cela et voici l'endroit où nous avons vu passer Simon et M. Vadec !

— François ! fit Claude épouvantée, crois-tu qu'il soit arrivé malheur à Dago ? Je n'y avais pas encore pensé ! »

Une même appréhension s'empara de tous les enfants... Il était impossible que les bandits n'aient pas eu maille à partir avec Dago, s'il s'était trouvé dans leurs parages. Dans ce cas, que s'était-il alors passé ? Comment Claude et ses amis se seraient-ils doutés qu'à l'instant même où ils se tourmentaient ainsi, Dago était auprès de Noiraud et de M. Dorsel !

« Regardez donc ! » s'exclama François, braquant sa lampe électrique sur la paroi du souterrain. « Une ficelle ! Et l'on dirait qu'elle court tout le long de la galerie... Je me demande pourquoi.

— Puisque Simon et Vadec sont passés par là, déclara Claude, ce souterrain mène sûrement à l'endroit où ils ont emmené leurs prisonniers. Ils ont dû les cacher par là ! Je vais suivre cette ficelle jusqu'au bout et, grâce à elle, je trouverai, j'en suis certaine ! Qui vient avec moi ? »

CHAPITRE XXI

Le Rocher Maudit

« Moi ! » répondirent les enfants d'une seule voix.

Ils s'engagèrent donc dans la galerie obscure, en suivant la corde à tâtons. François, qui marchait le premier, ne la lâchait pas et ses camarades le suivaient de près, en se donnant la main. Il ne s'agissait pas de se perdre !

Au bout d'une dizaine de minutes, ils parvinrent à la petite salle circulaire où Noiraud et M. Dorsel avaient passé la nuit précédente. Il n'y avait naturellement plus personne, puisque les prisonniers s'acheminaient à ce moment même vers le bas du Rocher Maudit, guidés par Dago.

« Tenez, voici l'endroit où ils étaient », s'écria François, promenant autour de lui le faisceau de sa lampe. « Un banc..., des couvertures en désordre..., une lanterne renversée ! Et puis, regardez, là, par terre, ces morceaux de papier déchiré ! On dirait qu'il y a eu du grabuge ! »

Claude eut tôt fait de reconstituer ce qui s'était passé.

« M. Vadec a dû laisser ses prisonniers ici, déclara-t-elle. Et puis il est revenu faire à papa quelque proposition que celui-ci aura refusée. Sur ce, il y aura eu une bagarre... Oh ! pourvu que papa et Noiraud s'en soient tirés sains et saufs ! »

Le visage de François s'était assombri.

« J'espère qu'ils ne sont pas en train d'errer à l'aventure dans ces affreux souterrains, dit-il. Noiraud lui-même n'en connaît pas le quart. Mon Dieu ! je me demande ce qui est arrivé...

— Attention, voici quelqu'un ! dit Mick tout à coup. Vite, François, éteins ta lampe ! »

Le garçon obéit et les quatre amis furent plongés dans l'obscurité complète. Ils se tapirent au fond de la salle et attendirent, blottis contre le mur, l'oreille aux aguets.

« Oui, c'est bien cela : j'entends marcher, murmura Mick. Mais l'on s'avance avec précaution, et l'on dirait qu'il y a deux ou trois personnes... »

Les pas se rapprochaient.

« C'est peut-être M. Vadec, ou bien Simon, fit Claude dans un souffle. Ils reviennent sans doute voir papa... Mais il est parti ! »

Soudain une vive lumière jaillit dans la salle et s'arrêta sur les enfants apeurés. Il y eut une exclamation de surprise :

« Eh bien ! Qu'est-ce que cela signifie ? »

C'était la voix de M. Vadec. François se leva, ébloui par la lumière crue.

« Nous sommes venus chercher mon oncle et Pierre Lenoir, dit-il crânement. Où sont-ils ?

— Comment, ils ne sont plus ici ? fit M. Vadec, interloqué. Et ce sale chien aurait-il disparu, lui aussi ?

— Oh ! Dago était donc avec eux ? s'écria Claude d'un ton joyeux. Mais où est-il passé à présent ? »

Deux hommes accompagnaient M. Vadec. L'un était Simon, l'autre son domestique. Le bandit posa sur le sol sa lanterne.

« Voulez-vous dire que vous ignorez ce que sont devenus M. Dorsel et Pierre Lenoir ? demanda-t-il avec inquiétude. S'ils sont partis seuls dans les souterrains, jamais on ne les reverra. »

Annie poussa un cri :

« Ce sera votre faute ! Vous êtes un monstre !

— Tais-toi », ordonna François, et, se tournant vers l'homme furieux : « Je crois qu'à présent il vaudrait mieux que vous reveniez vers nous au Pic du Corsaire, afin d'expliquer ce qui s'est passé. M. Lenoir attend la police.

— Vraiment ? Eh bien ! dans ces conditions, il sera préférable que nous restions tous ici pour le moment... Vous et moi, parfaitement ! Ah ! ah ! Je vous fais prisonniers, mes mignons, et cette fois on vous ficel-

lera comme des saucissons pour que vous ne preniez pas la poudre d'escampette comme les autres ! Simon, passe-moi la corde ! »

Le domestique obéit. Puis, d'un geste brutal, il empoigna Claude. Elle se mit à crier à tue-tête :

« Dago, Dago, où es-tu ? Au secours, Dago ! »

Ses appels demeurèrent sans réponse et Claude fut bientôt jetée au fond de la salle, les mains liées derrière le dos. Les hommes se tournèrent ensuite vers François.

« Vous êtes fou ! » lança celui-ci à M. Vadec, qui se tenait à quelques pas, levant sa lanterne pour mieux éclairer ses complices. « Il faut que vous soyez fou à lier pour agir comme vous le faites !

— Dago », hurla encore Claude, qui s'efforçait désespérément de libérer ses poignets. « Dago ! Dago ! »

Dagobert était trop loin pour entendre la voix de sa maîtresse. Mais, tout à coup, alors qu'il se trouvait au bord du marais en compagnie de Noiraud et de M. Dorsel, il fut pris d'une inquiétude étrange. Il

tendit l'oreille, écouta. Il lui était impossible de rien distinguer, mais il sentait que Claude était en danger. Il savait que sa petite maîtresse bien-aimée avait besoin de lui !

Il n'en était averti ni par la finesse de son ouïe, ni par son flair, mais par le mystérieux instinct de sa sensibilité et de son cœur. Claude était en danger.

Alors, il fit volte-face et se précipita dans la galerie et, ventre à terre, haletant, reprit en sens inverse le chemin qu'il venait de parcourir avec Noiraud et M. Dorsel.

Soudain, à l'instant où les bandits ligotaient les poignets de François qui leur avait bravement opposé une résistance désespérée, un bolide survint, lancé en trombe. Hérissé, l'œil et les crocs en bataille, c'était Dago !

Tout de suite, il reconnut l'odeur de son ennemi, M. Vadec. Puis celle de Simon. Celui-ci poussa un cri de frayeur.

« Attention, voilà encore cette sale bête ! hurla-t-il, en s'écartant vivement de François. Vadec, ton revolver, vite ! »

Mais Dago se souciait bien du bandit et de son arme ! Furieux, grondant comme un fauve en colère, il bondit sur M. Vadec, le renversa en un clin d'œil et lui donna un bon coup de dents à l'épaule. L'homme poussa un hurlement, Mais déjà Dago se jetait sur Simon et lui faisait subir le même sort. Ce que voyant, le troisième bandit prit ses jambes à son cou et détala.

« Appelez votre chien ! Appelez-le, il va nous mettre en pièces ! » criait M. Vadec, tremblant de peur. Il se releva à grand-peine, vacillant sous la douleur qu'il ressentait à l'épaule. Mais Claude ne dit mot.

« Que Dago fasse ce que bon lui semble ! » pensait-elle.

Quelques instants plus tard, Simon et M. Vadec s'enfuyaient à leur tour. Ils rejoignirent leur complice dans l'obscurité, et tous trois s'en allèrent, cherchant leur chemin à tâtons. Mais ils ne purent réussir à retrouver la ficelle qui leur avait déjà servi de guide..., et ils durent avancer à l'aveuglette, en proie à une folle angoisse. Dago courut vers ses amis. Se jetant sur Claude, il la lécha des pieds à la tête, fou de joie. Et Claude, que pourtant l'on ne voyait jamais pleurer, sentit à sa grande surprise les larmes ruisseler sur son visage.

« Ce n'est pas que j'aie de la peine, disait-elle. Je suis si heureuse, au contraire ! Oh ! venez vite me détacher les mains que je puisse caresser Dago ! »

Mick se hâta de la délivrer ainsi que François. Ce fut alors un véritable délire : les enfants couvrirent leur ami de baisers et de caresses, Et lui, pour n'être pas en reste, aboyait et gémissait de plaisir, se roulant sur le sol, gigotait et se démenait comme un beau diable.

« Oh ! Dago, quel bonheur de t'avoir retrouvé ! disait Claude, transportée. Maintenant, tu vas nous conduire auprès de papa et de Noiraud, n'est-ce pas ? Je suis certaine que tu sais où ils se trouvent. »

Dagobert ne demandait pas mieux que d'obéir. Et il se mit en route, remuant la queue en signe d'allégresse. Claude saisit son collier, suivie de ses compagnons, en file indienne. Ils avaient ramassé la lanterne de M. Vadec et celle-ci, jointe à leurs deux lampes électriques, éclairait brillamment la galerie. Mais, sans Dago, ils n'eussent pas fait beaucoup de chemin avant de s'égarer complètement, tant était compliqué le dédale des nombreux passages qui se croisaient et se recroisaient à chaque instant. Heureusement, Dago connaissait le labyrinthe dans tous ses détours. De plus son flair et son instinct d'orientation le dirigeaient infailliblement.

« Notre Dago est merveilleux, dit Annie. Je suis sûre qu'il n'existe pas de meilleur chien au monde, n'est-ce pas, Claude ?

— C'est évident ! » répondit celle-ci, pour qui cette opinion n'avait jamais fait le moindre doute, depuis le jour où elle avait adopté Dago, tout juste âgé de quelques semaines. « Ce cher Dago ! Quand je pense à la manière dont il est arrivé sans crier gare... Et comme il a bien sauté sur Simon au moment où celui-ci était en train d'attacher les poignets de François. Il savait que nous avions besoin de lui.

— J'imagine qu'il va nous mener à l'endroit où se trouvent Noiraud et ton père, fit Mick. Il a l'air sûr de lui et du chemin à suivre... La pente du sol est de plus en plus rapide. Je parie que, tout à l'heure, nous allons arriver au marais. »

Ils atteignirent enfin le bas de la colline et lorsqu'ils débouchèrent du souterrain, Claude poussa un cri :

« Regardez ! Voilà papa... et Noiraud !

— Oncle Henri ! Noiraud ! » s'écrièrent les autres.

Ceux que l'on interpellait ainsi se retournèrent, stupéfaits. Et ils se précipitèrent vers les arrivants.

« Comment avez-vous pu nous rejoindre ici ? questionna M. Dorsel, au comble de l'étonnement. Dago serait-il allé vous chercher ? Il nous a plantés ici brusquement pour se précipiter dans le souterrain...

— Que s'est-il passé ? fit Noiraud, impatient d'en apprendre davantage.

— Des tas de choses », répondit Claude, rayonnante. C'était un tel bonheur que d'être enfin tous réunis !

Et chacun entama le récit de ses aventures.

« A présent, déclara enfin François, je crois qu'il nous faut regagner au plus vite le Pic du Corsaire, si nous ne voulons pas que la police dépêche une meute de limiers à notre recherche. C'est M. Lenoir qui va être surpris en nous voyant reparaître tous ensemble !

— Je donnerais cher pour ne plus être en pyjama », dit M. Dorsel. Et, serrant sa couverture autour de lui, il ajouta avec un soupir : « Je vais sans doute me tailler un assez joli succès à parcourir les rues de la villa dans cet équipage !

— Ne t'inquiète pas : le brouillard est déjà si épais que personne ne te verra », assura Claude. Elle frissonna légèrement, car l'humidité était pénétrante. Puis elle reprit : « Dago, montre-nous comment revenir à la maison. Je suis sûre que tu le sais. »

C'était la première fois que Dagobert s'aventurait en dehors du souterrain. Pourtant, l'on eût dit qu'il connaissait déjà les lieux. Sans hésiter, il prit la tête de la colonne et commença à contourner le pied du Rocher Maudit. Ses amis lui emboîtèrent le pas, émerveillés de la sûreté avec laquelle il évitait les endroits dangereux. Le brouillard était si dense que l'on voyait à peine où mettre le pied, et la surface traîtresse du marais s'étendait là, toute proche...

« Voici la route ! » s'écria soudain François, apercevant la chaussée qui, après avoir traversé les marécages, s'élevait vers le sommet de la colline.

Le groupe obliqua pour la rejoindre. Chacun avançait avec précaution, les pieds englués de boue liquide. Soudain, Dago prit son élan et, d'un bond, tenta de franchir la courte distance qui le séparait encore de la route. Personne n'eut le temps de comprendre ce qui se passait : Dagobert manqua de justesse la bordure empierrée qui limitait la chaussée. Ses pattes glissèrent et il s'abattit dans la vase. Désespérément, il s'efforça de prendre pied sur un terrain plus solide, mais ce fut en vain. Il se mit alors à gémir d'une voix lamentable.

Claude poussa un cri perçant.

« Dago ! hurla-t-elle. Oh ! regardez, le voilà qui s'enfonce. N'aie pas peur, Dago, j'arrive ! »

Elle se serait précipitée au secours de Dagobert si son père ne l'avait retenue à bras-le-corps.

« Tu es folle ! s'écria-t-il. Veux-tu t'enliser à ton tour ? Sois tranquille, Dago se tirera fort bien de là tout seul. »

Cependant, le chien avait beau se débattre : on le voyait s'enfoncer à vue d'œil

« Oh ! je vous en supplie, faites quelque chose ! clamait Claude, s'efforçant d'échapper à son père. Sauvez Dago ! vite, vite ! »

CHAPITRE XXII

Tout s'explique

Hélas ! que pouvait-on faire ? Bouleversés, impuissants, les enfants regardaient leur ami qui luttait de toutes ses forces pour échapper à la terrible succion de la vase.

« Il va s'enliser ! » s'écriait Annie, pleurant à chaudes larmes.

Soudain, l'on entendit un bruit de moteur sur la route. C'était un camion chargé de bois et de charbon : coke, boulets, bûches, planches, sacs et fagots s'entassaient sur le plateau. Claude le héla à pleine voix.

« Arrêtez, arrêtez. Notre chien est tombé dans le marais ! Venez à notre secours ! »

Le véhicule freina aussitôt. D'un coup d'œil, M. Dorsel examina le chargement. Puis il se précipita et, en quelques secondes, aidé de François, il dégagea plusieurs planches qu'il courut jeter dans la vase. S'en servant ensuite comme des pierres d'un passage à gué, il parvint à atteindre l'infortuné Dago.

Le chauffeur du camion sauta à bas de son siège pour aider au sauvetage. Et il lança d'autres planches, à angle droit avec les premières, de manière à former une surface plus grande, susceptible de mieux résister à l'emprise de la vase. Puis ce fut le tour des bûches, sacs et fagots qui, peu à peu, formèrent une sorte de pont entre le marais et la route.

« Oncle Henri va attraper Dago ! Ça y est, il le tient et, à présent, il l'arrache de la vase ! » s'écriait Annie d'une voix stridente.

Claude se laissa tomber au bord de la route ; son visage était devenu d'une pâleur mortelle, et, maintenant que Dago semblait sur le point d'être sauvé, elle se sentait terrassée par l'émotion.

C'était une tâche difficile que de tirer Dagobert de sa dangereuse situation, car la boue qui collait à son corps l'aspirait comme d'innombrables ventouses d'une force incroyable. Enfin, le malheureux put se dégager, et il finit par prendre pied sur les planches, épuisé, mais s'efforçant de remuer faiblement sa queue tout engluée de vase.

Sans se soucier de l'état repoussant dans lequel il se trouvait, Claude courut lui jeter les bras autour du cou.

« Oh ! Dago, quelle peur tu nous as faite ! s'écria-t-elle. J'ai tellement cru ne plus jamais te revoir, mon pauvre Dago ! »

Cependant le chauffeur considérait d'un œil mélancolique les planches et le reste de son chargement qui, lentement, s'enfonçaient dans le marais. Alors, l'oncle Henri s'avança. Il avait bien la plus étrange allure que l'on pût imaginer, avec son pyjama souillé de boue et sa couverture drapée sur les épaules ; néanmoins, il prit la parole d'un air fort digne, et s'adressant au chauffeur :

« Ne vous inquiétez pas, lui dit-il. Je n'ai pas d'argent sur moi, mais si vous vous présentez au Pic du Corsaire un peu plus tard, je vous dédommagerai largement de votre peine ainsi que de la perte de vos marchandises, et je vous récompenserai de l'aide que vous nous avez apportée.

— Ma foi ! je dois justement livrer du charbon chez le voisin de M. Lenoir », fit l'homme, promenant sur l'accoutrement de son interlocuteur un regard éberlué. « Et si cela peut vous rendre service, je ne demande pas mieux que de vous emmener : ce n'est pas la place qui manque dans le camion à présent ! »

Le jour commençait à baisser, la brume s'épaississait de plus en plus, et l'on était las. Aussi fut-ce avec joie que l'on grimpa dans le véhicule. Celui-ci démarra aussitôt et, dans un bruit assourdissant, s'engagea sur la rampe qui montait au sommet du Rocher Maudit. Dix minutes plus tard, l'on s'arrêtait devant le Pic du Corsaire et tout le monde descendit, la tête bourdonnante, les membres moulus et courbatus, épuisé par les fatigues et les émotions de la journée.

« Je passerai chez vous demain, déclara le chauffeur. Il est trop tard pour que j'entre maintenant. Bonsoir ! »

Noiraud tira la sonnette. Renée accourut, mais quand elle ouvrit la porte, elle faillit tomber à la renverse en reconnaissant le groupe des arrivants éclairés en plein par les lampes du vestibule.

« Oh ! s'écria-t-elle. Vous voilà enfin ! C'est monsieur et madame qui vont être contents ! La police vous a cherchés partout, chez M. Vadec et jusque dans les souterrains ! Et puis... »

A ce moment, Dago bondit dans le vestibule, couvert de boue, hirsute, méconnaissable. Renée poussa un cri perçant.

« Qu'est-ce que ce monstre ? s'exclama-t-elle. Jamais je ne croirai que...

— Ici, Dago ! » s'écria Claude, se rappelant tout à

coup que M. Lenoir ne pouvait souffrir les chiens. « Renée, pourriez-vous emmener cette pauvre bête à la cuisine et vous occuper de lui ? Je n'aurais pas le cœur de le laisser dehors ; si vous saviez ce qu'il a fait pour nous !

— Allons, ma fille, presse-toi, dit M. Dorsel avec impatience. J'imagine que M. Lenoir serait tout de même capable de supporter la présence de Dagobert pendant quelques instants !

— Oh ! mademoiselle, ne vous inquiétez pas, dit Renée. Je vais commencer par lui donner un bon bain : il en a besoin ! » Puis, se tournant vers M. Dorsel : « M. et Mme Lenoir sont au salon, monsieur... » Elle s'arrêta net, car elle venait de constater dans quelle étrange tenue se trouvait M. Dorsel. Et elle s'exclama : « Monsieur, voulez-vous que je coure vous chercher des vêtements ? »

Le père de Claude la remercia d'un geste, puis il se dirigea vers le salon, suivi des enfants, tandis que Dago se laissait conduire docilement à la cuisine par Renée. M. Lenoir, qui avait entendu le bruit des voix dans le vestibule, ouvrit la porte pour savoir ce qui se passait.

A la vue des arrivants, une stupéfaction sans bornes se peignit sur son visage.

Mme Lenoir s'élança sur Noiraud et le couvrit de baisers, riant et pleurant à la fois, tandis que la petite Mariette sautait autour de lui et s'ébrouait de plaisir comme un jeune chien. M. Lenoir se frottait les mains, rayonnant. Il assena à M. Dorsel de grandes claques sur les épaules, allongea quelques bourrades affectueuses aux enfants, puis déclara :

« Eh bien, vrai, on peut dire que je suis content de vous voir tous sains et saufs. Mais à présent, que de choses vous devez avoir à nous raconter !

— C'est une étrange histoire, Lenoir, répliqua M. Dorsel. Et beaucoup plus étrange encore que vous ne l'imaginez, j'en suis sûr. Mais si vous le permettez, il faut d'abord que je m'occupe de mes pieds. J'ai fait des kilomètres dans l'équipage où vous me voyez et, maintenant, je commence à en ressentir douloureusement les conséquences. »

En un clin d'œil, la maisonnée fut sens dessus dessous, tandis que l'on apportait une bassine d'eau chaude pour baigner les pieds de l'oncle Henri, une bonne robe de chambre pour le couvrir, ainsi que des sandwiches et des tartines accompagnés de thé et de café au lait pour tout le monde. L'animation et la joie qui régnaient faisaient plaisir à voir, et les enfants, réconfortés et déjà reposés, se réjouissaient en pensant à l'importance de ce qu'ils auraient à raconter, le moment venu.

Sur ces entrefaites, la police arriva et le commissaire se mit aussitôt à poser une foule de questions. C'était à qui répondrait et parlerait le premier, mais l'on décida que, seuls, M. Dorsel, Claude et Noiraud auraient la parole. C'étaient eux qui avaient en effet le plus à dire.

De tous les auditeurs, M. Lenoir fut peut-être le plus surpris. Lorsqu'il apprit comment M. Vadec avait offert d'acheter les plans d'asséchement du marais et avoué franchement son activité de contrebandier, il se laissa aller contre le dossier de sa chaise, muet d'étonnement.

« Cet homme est fou ! s'écria le commissaire. Il s'imagine vivre à une autre époque !

— C'est justement ce que je lui ai dit, observa Noiraud. Je lui ai déclaré qu'il s'était trompé de siècle et qu'il était en retard de cent ans sur nous !

— Nous avons essayé plus d'une fois de le prendre la main dans le sac au sujet de cette affaire de contrebande, reprit le policier. Mais il est trop malin... Voyez un peu cette ruse, monsieur : il installe Simon ici pour vous espionner, et, du même coup, ce complice en profite pour envoyer des signaux du haut de votre tour. Le procédé ne manque pas d'audace !

Et en feignant la surdité, Simon ne pouvait que mieux surprendre ce qui se passait dans la maison !

— Au fait, dit soudain François, ne pensez-vous pas que nous devrions nous occuper un peu de lui, ainsi que de M. Vadec et de leur complice ? Sans doute sont-ils en train d'errer dans les souterrains, fort mal en point, peut-être... Dago en a mordu deux !

— Ma foi, cet animal vous a probablement sauvé la vie, observa le commissaire. Vous avez eu de la chance ! Je sais bien, monsieur Lenoir, que vous n'aimez pas les chiens, mais vous admettrez sûrement que, sans celui-ci, les choses auraient pu tourner très mal...

— Oui, c'est certain, reconnut M. Lenoir. Et comme par hasard, Simon avait lui aussi horreur des chiens : il n'en voulait à aucun prix dans la maison. Il craignait évidemment qu'ils n'aboient à ses trousses lors de ses allées et venues clandestines... Mais à propos, qu'avez-vous fait de ce merveilleux Dagobert ? J'aimerais assez le voir un instant, bien que je déteste ses pareils et que je sois persuadé de les détester toujours !

— Je vais le chercher, s'écria Claude. Pourvu que Renée ait eu le temps de lui donner le bain qu'elle lui avait promis. Il était dans un tel état ! »

Elle revint au bout d'un instant avec Dagobert. Mais c'était un Dagobert bien différent de la pauvre bête arrachée au marais à grand-peine. Renée l'avait baigné, puis séché et frictionné dans des serviettes chaudes. Il sentait bon le savon et la propreté, son poil était redevenu souple et brillant et il avait avalé une bonne soupe. Aussi se trouvait-il enchanté de tout et de tout le monde, y compris de lui-même.

« Dago, je te présente un ami, fit Claude, d'un ton solennel. Dis-lui bonjour. »

Dagobert regarda M. Lenoir de ses grands yeux bruns. Puis il trotta droit vers lui et lui tendit sa patte le plus poliment du monde, ainsi que Claude le lui avait enseigné.

M. Lenoir fut complètement abasourdi, car il ignorait qu'un chien pût avoir d'aussi bonnes manières. Aussi fut-ce très volontiers qu'il saisit la patte de Dago afin d'échanger, avec lui, une cordiale poignée de... main. Dagobert observa de son côté une discrétion extrême et ne fit pas la moindre tentative pour sauter sur lui ni lui passer un coup de langue sur la figure. Il retira sa patte fort dignement, poussa un petit « ouah » comme pour dire : « Enchanté de vous connaître, monsieur. » Puis il revint vers sa maîtresse et se coucha sagement à ses pieds.

« Mais il ne ressemble pas du tout à un chien ! s'écria M. Lenoir, au comble de la surprise.

— C'en est pourtant un vrai, je vous assure, fit Claude avec feu. C'est un chien bien vivant, en chair et en os. Seulement, il est meilleur et beaucoup plus intelligent que tous les autres. Dites, monsieur, me permettez-vous de le garder, en le confiant à quelque personne du voisinage ? Ainsi, on ne le verrait pas ici, dans la maison.

— Ma foi, il me paraît si raisonnable et il s'est comporté d'une si brillante manière que je t'autorise à l'installer ici même, répondit M. Lenoir, dans un grand effort de générosité. Je ne te demande qu'une seule chose : c'est de ne pas trop le laisser s'approcher de moi.

— Soyez tranquille, s'écria Claude joyeusement. Vous ne le verrez jamais. Oh ! merci, monsieur, si vous saviez comme je suis contente ! »

Cependant, le commissaire de police avait été séduit par Dago, lui aussi. Et, le désignant du menton, il dit à Claude :

« Quand vous voudrez vous débarrasser de lui, vendez-le-moi ! Un chien comme cela nous serait fameusement utile pour le service : il aurait vite fait de débusquer les contrebandiers ! »

Claude ne se donna même pas la peine de répondre. Comment pouvait-on imaginer qu'elle eût jamais envie de se séparer de Dago et, par-dessus le marché, de le laisser enrôler dans la police !

Mais les enquêteurs ne devaient pas tarder à recourir à l'aide de Dago. Les recherches entreprises afin de retrouver M. Vadec et ses deux compagnons demeuraient vaines, et, le lendemain matin, le commissaire vint demander à Claude de lancer Dago sur leurs traces. Cela semblait en effet le seul moyen de les obliger à sortir du souterrain.

« Ils ont dû s'égarer dans ce dédale, dit l'homme, et l'on ne peut vraiment pas les y laisser périr d'inanition. Il n'y a que votre chien qui soit capable de les retrouver. »

Dagobert s'en retourna donc dans le labyrinthe et se mit à la chasse de ses ennemis. Il ne tarda pas à les découvrir, errant à l'aventure, perdus, affamés, au comble de la terreur et du désespoir. Il les ramena comme un troupeau de moutons à l'endroit où les attendaient les policiers, et, à dater de cet instant, M. Vadec et ses amis disparurent de la circulation pendant fort longtemps !

« Le commissaire doit être enchanté de cette capture, dit M. Lenoir quelques jours plus tard. Il y avait je ne sais combien de temps que toute la police de la région était sur les dents pour essayer de mettre la main sur ces contrebandiers. Quand je pense qu'à un moment donné, ils s'étaient même mis à me soupçonner !... Vadec était évidemment très habile, ce qui ne l'empêchait pas d'être un demi-fou. Lorsque Simon eut appris mon intention d'assécher le marais, il commença à redouter que la disparition du marécage et des brouillards ne signifie la fin de tout ce qui était son plaisir : il n'y aurait plus de contrebande !... Finies les longues veilles passées à guetter les bateaux qui s'approchaient de la côte ! Plus jamais, il n'y aurait d'hommes s'aventurant en file indienne par les chemins secrets du marais. Plus de signaux. Plus de cachettes pour les marchandises... A propos, saviez-vous que la police aurait découvert l'endroit où toute la contrebande était entreposée ? »

A présent que la passionnante aventure était terminée, cela devenait un merveilleux sujet de conversation pour les enfants. Mais ceux-ci éprouvaient un grand regret et quelque remords en pensant qu'ils avaient si mal jugé le père de leur ami Noiraud. Sans doute M. Lenoir était-il bizarre à ses heures ; néanmoins, il savait aussi se montrer fort gai et manifester à ceux qui l'entouraient une extrême gentillesse.

« Figurez-vous que nous allons quitter le Pic du Corsaire, annonça Noiraud un beau matin. Maman a eu tellement peur quand M. Vadec m'a enlevé que papa lui a promis de mettre la maison en vente et de quitter ce pays si jamais l'on me retrouvait sain et sauf. Alors, maman est aux anges !

— Moi aussi, dit Mariette. Je ne me plaisais pas du tout ici : la maison est trop bizarre, trop isolée et elle renferme trop de secrets.

— Eh bien, si cela doit vous rendre tous heureux de la quitter, je suis content pour vous, dit François. Mais en ce qui me concerne, j'aime le Pic du Corsaire ! Je le trouve magnifique, perché sur sa colline, au-dessus des brumes qui, perpétuellement, s'élèvent du marais. On croirait le voir flotter sur une mer de brouillard. Et puis, il y a les souterrains ! Si vous partez, je regretterai de ne plus pouvoir venir ici.

— Nous de même, approuvèrent Annie, Mick et Claude, hochant la tête.

— Ici, l'on respire l'aventure », déclara Claude. Elle caressa Dago, couché à ses pieds. « N'est-ce pas, mon chien ? Qu'en penses-tu ? T'es-tu bien amusé au Pic du Corsaire ?

— Ouah ! » fit Dago de sa grosse voix. Et sa queue se mit à battre le sol. S'il s'était amusé !... D'ailleurs, il ne s'ennuyait jamais nulle part, à condition d'être en compagnie de Claude.

« Et à présent, dit Mariette, nous allons peut-être pouvoir profiter tranquillement du reste de nos vacances. J'en ai assez des aventures !

— Pas nous ! s'écrièrent les autres en chœur. Et nous espérons bien en avoir encore ! »

TABLE

IMPRIMÉ EN FRANCE PAR BRODARD ET TAUPIN
58, rue Jean Bleuzen - Vanves - Usine de La Flèche, 72200
Loi n° 49-956 du 16 juillet 1949 sur les publications destinées à la jeunesse.
Dépôt : octobre 1956.